梅里克家族

红十字在前线

（美）弗兰克·鲍姆　著

郑榕玲　译

企业管理出版社

图书在版编目（CIP）数据

红十字在前线 / (美) 鲍姆著；郑榕玲译.
—北京：企业管理出版社，2015.12

ISBN 978-7-5164-1166-7

Ⅰ.①红… Ⅱ.①莱… ②郑… Ⅲ.①长篇小说—美
国—现代 Ⅳ.①I712.45

中国版本图书馆CIP数据核字(2015)第313103号

书　　名：红十字在前线

作　　者：弗兰克·鲍姆

译　　者：郑榕玲

责任编辑：韩天放　尤　颖

书　　号：ISBN 978-7-5164-1166-7

出版发行：企业管理出版社

地　　址：北京市海淀区紫竹院南路17号

邮　　编：100048

网　　址：http://www.emph.cn

电　　话：总编室（010）68701719　发行部（010）68414644
　　　　　编辑部（010）68701292

电子信箱：80147@sina.com

印　　刷：北京宝昌彩色印刷有限公司

经　　销：新华书店

规　　格：145毫米×210毫米　32开本　5.375印张　120千字

版　　次：2016年3月第1版　2016年3月第1次印刷

定　　价：24.00 元

目 录

第一章　男孩的到来

　　"今天又有什么新闻，舅舅？"帕特丽夏·道尔小姐一边问道，一边走进舒适奢华的早餐室。她走到一个男人身旁，在他的脸颊上轻轻吻了一下，然后便坐下倒咖啡。这是一套坐落于威林广场的大公寓。而那个被她称作"舅舅"的男人，正是华尔街大名鼎鼎的怪脾气大富翁——约翰·梅里克。

　　尽管这只是几个简单的动作，却可以看出，她是一个充满热情，生性活泼，却家教很严的女孩。她的个子娇小，身材稍胖，一头红发，有些雀斑，鼻子微翘，看起来和这温馨的场景十分和谐。帕琪小姐也许称不上漂亮，但是只要瞧上一眼她那双闪闪发亮的湛蓝色眼睛，你就会立刻折服于她的魅力。

　　几分钟后，又有一个女孩走进了房间，她的样貌和帕琪截然不同。

　　她的肤色是深橄榄色的，轮廓精致的脸上嵌着一双棕色的大眼睛，圆圆的脸颊上泛着淡淡的红晕，和一头浓密的秀发相称极了。她体态优雅，举止犹如女王一般，仪态万方。

　　"早安，贝丝表妹。"帕琪欢快地叫到。

　　"早安，亲爱的。"贝丝回道。紧接着，她的脸色一沉，不无焦虑地问道："约翰舅舅，今天都有什么新闻？"

　　这个矮个子男人原本刻意避开了帕琪的问题，可是现在贝丝又问了一遍，他只得心不在焉地答道："哦，有人准备在十一大道百老汇那里再建一座摩天大楼。还有，布朗克斯区那边局势有点乱，我估计……"

　　"舅舅，你又在糊弄人了！"帕琪叫道，"贝丝问的是有什么时事新闻，不是有什么八卦消息。"

"我问的是有关战争的消息，舅舅。"贝丝一边往吐司上抹黄油，一边补充道。

"哦，你说战争啊，"他一边翻着报纸一边答道，"可想而知，昨天是德军赢的，所以今天应该是协约国赢了。哦，不对——真是怪了，贝丝！今天居然又是德军赢了，他们攻占了莫伯日。你们怎么看？"

帕琪轻笑了一声。

"我倒是不知道莫伯日在哪，"她说道，"我只是觉得伦敦新闻局那里出了什么岔子，可能是电缆缠住了，要么就是电线短路了。通常来说他们不会让德国人连赢两天啊。"

"亲爱的，拜托别打断呀，"贝丝急切地说道，"事关重大，我们不能掉以轻心。舅舅，给我们读一下相关的报道吧。恐怕莫伯日要被攻陷了。"

天性开朗的帕琪并没对表妹的责怪表示介意。她像贝丝一样，神情严肃、全神贯注地听完了有关莫伯日的战况，以及对伤亡情况的报道。

"这太可怕了！"贝丝大喊道，双手紧紧地绞在一起。

"是啊，"约翰舅舅点头应道，"原本我们对这种向集权挑战的英勇斗争挺感兴趣的，但是这次实在是太恐怖了，完全毁掉了我们的兴趣。"

"这次大战根本就不是什么英勇的抗争，"帕琪不耐烦地甩了甩头，说道，"这次大战完全就是一群自私自利的外交家挑起的阴谋，是一场大规模谋杀。"

"嘘嘘！"梅里克先生警告道，"我们美国人应该持中立态度，亲爱的。我们可不能发表批评意见。"

"但是这并不影响我们对无辜的受害者们表达同情啊，"贝丝静静地答道，"我的心思已经完全不在这儿了，舅舅，我的心已经飘到了那些受害者、那些伤患身旁。真希望我能为他们做点什么！"

约翰舅舅不自在地挪了下椅子，放下了报纸，开始吃早餐。他脸上往日欢快的神情不见了，转而浮上一抹忧虑的神色。

"我无时无刻不在想着那些伤员们。"贝丝接着说道，"成千上万个伤员，正在遭受着伤痛的折磨——他们可能会死去——就死在冷冰冰的战场，那些深爱着他们的可怜的女人们对他们的死讯还一无所知，每天都在家里为他们虔诚地祷告。"

"这才是最让人难过的地方，"帕琪说道，"在我看来，那些阵亡战士的母亲、妻子还有恋人，和那些战士一样可怜。至少那些男人们还知道发生了什么，而那些女人们什么都不知道。对于直接死去的那些人来说，他们的家人至少还会收到一枚奖章，表彰他们为国捐躯的英勇事迹。而那些受伤的人呢？他们或是失去了光明，或是失去了听力，却没有人来抚慰他们的痛苦。

"亲爱的！"约翰舅舅恳求道，脸色苍白，"你为什么非得在早饭时讲这些恐怖的事呢！我……我……算了，把早餐拿走吧！我吃不下去了。"

对话戛然而止。两个女孩也被刚刚的对话搅得没了胃口，现在想要再恢复一开始的好氛围也不可能了。大家各怀心思地沉默了一会儿，直到约翰移开椅子，从桌旁站了起来，这才打破了沉寂。

贝丝和帕琪跟着舅舅走进了书房。每天早上，梅里克先生都会在这里抽支烟。他说道："让我想想……今天是九月七号了。"

"是的，舅舅。"帕琪说道。

"莫德·斯坦顿今天该到了吧？"

"不，"贝丝答道，"她明天早上到。从加州到纽约得整整四天呢。"

"我挺好奇她为什么要在这个节骨眼上来，"帕琪沉思道，"不知道她的表姐芙洛还有蒙特罗斯夫人会不会和她一起来。"

"她电报里没提到她们。"贝丝答道，"她只和我们说她周三早上到。那封电报倒是挺令人惊讶的，我根本就没想到莫德会想要来东部。"

"嗯，等她到了我们就都知道了。"约翰舅舅说道，"我挺开心能够再见到莫德的。我喜欢的人不算很多，她算是一个。"

"她真是个非常不错的女孩！"帕琪强调道，"我们很荣幸能……"

就在这时，门铃突然响了。屋里的人都迟疑了一下，毕竟现在时间还太早，应该没有人来访。小女佣玛丽急忙赶去开门。紧接着，一个男性的声音问道：

"梅里克先生在家吗？小姐们在家吗？"

"天啊，是亚乔！"帕琪叫道，立刻从椅子上弹了起来，冲向门厅。

"是亚乔？"梅里克先生问道，看起来十分惊讶。

"肯定是亚乔。"贝丝断言道。门廊里回荡着帕琪和男孩的声音，两人一问一答，飞快地交谈着。紧接着，帕琪雀跃地拉着男孩的胳膊跑了进来。

"这可真是个惊喜！"梅里克先生一边说，一边和这个身材颀长的男孩握了握手。看得出来，他十分高兴。

"你什么时候到的？"贝丝热情地冲男孩招呼着，"还有，你从洛杉矶那么远过来怎么也不告诉我们一声呢？"

"嗯……"亚乔面对着他们坐下，轻轻地搓着他纤瘦的手，看起来对他们友好的招待十分满意，说道："这个故事长得很，我倒是可以一五一十地讲给你们听，不过我怕你们理解不了我的冒险精神。我可正是凭着这冒险精神才来纽约的——这个我发自内心讨厌的城市。"

"喂，亚乔！"帕琪抗议道，"这是和纽约人维持友谊的正确方式吗？"

"难道这里的人都不喜欢诚实的人吗？"琼斯问道。

"继续讲吧，"约翰舅舅说道，"几个月前，我们和你在洛杉矶港分开，不知道你怎么处理你的那艘船的？它不是在太平洋抛锚了吗？如果我没记错的话，你当时打算把船开回你那座神秘的小岛，在……在……"

"桑荷阿。"帕琪接话道。

"谢谢你还记着我的老家在哪，"男孩笑着说，"你们应该还记得我刚从桑荷阿到美国时的情景，那时的我简直就是个废人。那次航行搞坏了我的肠胃，毁了我的身体。我穿过整个美国大陆来纽约求医，可是连医术最高超的医生都束手无策，对我宣判了死刑。我只好回到太平洋海岸那里，希望死时能离家近一点——就在那里我遇见了你们。"

"然后帕琪救了你。"贝丝接着说道。

"是啊。不过一开始是莫德·斯坦顿小姐把我从水里救出来的。接着帕琪·道尔小姐给我治疗，让我重新活了过来。现在……"

"现在的你看起来就像当代的赫尔克里士。"帕琪不无自豪地看着这个当初差点死去的男孩，盯着他古铜色的脸颊和熠熠生辉的眼睛，"之后呢，你又做了些什么？"

"又去航海了。"他说道。

"真的吗？"

"确定无疑。之后的几个月我一直都不敢踏上阿拉贝拉，就是我的那艘游艇，我担心旧疾复发。不过在你们抛弃我回到这里——这个虚伪的、恐怖的、令人眼花缭乱的地方之后……"

"先生，你就这样恶评我的出生地吗！"

"哦，原来你是在这出生的啊，帕琪！那看来我要给这个城市加分了。接着讲，在你们抛弃我离开洛杉矶后……"

"你还有蒙特罗斯夫人和她的侄女们，莫德·斯坦顿和弗洛伦斯·斯坦顿陪你啊。"

"我知道，我也很喜欢她们。不过她们总是特别忙，我很少能见到她们，因此总是觉得很孤独。斯坦顿家的两个女孩总是忙这忙那的，不像你们这样，能全心全意地照顾我。所以我就站在海边，看着我的阿拉贝拉。终于，我鼓起了勇气，决定再次出海。为了保险起见，我让卡格船长先沿着海岸慢慢地开了几英里。确保没事后，我就开始了像以前那样整日地航行，发现身体还吃得消，这让我很振奋。"

"我就知道，你的胃才不是因为出海航行才搞坏的呢。"帕琪自信地说道。

"那是什么？"

"过敏，或者什么类似的东西。"

"好吧。总之，我发现我又可以在海上航行了，于是我就决定再次出发去旅行。那时巴拿马运河刚刚开通，我就穿过运河，来到大西洋海岸，这次我的阿拉贝拉可没抛锚，它就安全地在诺斯河靠了岸！"

"你感觉如何？"约翰舅舅询问道。

"很棒，棒极了！这场旅行很好地治愈了我之前心中留下的阴影。"

"但是你怎么没回家呢？怎么没回你的桑荷阿小岛？"贝丝问道。

他用带着点责备的眼神望着她。

"贝丝，你又不在那里。帕琪也不在，约翰舅舅也不在。再说了，岛上根本没人在乎我是否回去。我是我们家族唯一在世的人。虽然桑荷阿是我的岛，岛上的人都受我雇佣，但是无论我在不在，岛上的一切都照常运转。"

"可是他们不需要你的船——也就是阿拉贝拉吗？"贝丝问道。

"现在还不用。卡格船长上次回岛时装了满满一船的物资，应该够用一段时间。况且，接下来的四五个月内，采珠场产不出多少珍珠来卖，这样就不用我的船来装货了。就算采到了很多，他们也可以先留上一段时间再卖。所以说，我现在是个自由身了。我在想如果我能把船弄过来，你们可能会用得上。"

"用来做什么？"帕琪饶有兴致地问道。

"我们可以去巴佩道斯、百慕大和古巴。听说巴西也是个挺有意思的国家。其实要不是欧洲正在打仗的话，我倒是更想去欧洲。"

"哦，亚乔，你不觉得战争很可怕吗？"

"可怕？可以这么说。不过在我看来，欧洲就像是童话故事一样。要知道，我生下来就在桑荷阿，之后来了美国。除了美国以外，我还哪个国家都没去过呢。"

"现在的欧洲可不是什么童话，"贝丝全身颤抖地说道，"那更像是场恐怖的噩梦。"

"我可不想再听有关那儿的消息了。"亚乔沉思道，"事实上，我停船时在各港口旁都听到过一些关于战况的传言，然后便立刻乘船赶过来了。不过我对战争双方都不支持。不知怎的，这件事让我特别恼火，这根本就是件既愚蠢又无聊的事。"

"莫伯日沦陷了。"贝丝给他讲述了最新的战况。亚乔发现这一家人都对战争这个话题很感兴趣，便迅速地加入了他们的讨论。一个早上就这样飞快地过去了。

午饭过后，大家打算去看看阿拉贝拉——亚乔那艘漂亮的游艇。梅里克先生的轿车把大家载到了港口旁。纽约港云集着各种漂亮的游艇，然而阿拉贝拉还是脱颖而出，吸引着众人的目光。

阿拉贝拉本是为深海运输而打造的。帕琪也曾羡慕地说过"它看起来就像一艘小邮轮"。尽管阿拉贝拉的装备、设施全是按照游艇的标准打造的，它却不仅仅是一艘漂亮的游艇。老琼斯，也就是亚乔的父亲，把它用于南海桑荷阿岛和美洲大陆之间的联络工作。

桑荷阿岛以高度发达的采珠业闻名于世。现在这个岛上的采珠业已经完全归这个年轻的小伙子掌控了。他的父亲是一个身经百战的生意人，已经把岛上的产业打造得有声有色，而他的儿子需要做的，也不过就是守好这个能够稳定增值的产业，看管好父亲留给他的巨额财富。哪怕是这个小伙子最亲密的朋友，也没法判断他生意做得怎么样。不过可以肯定的是，他是个对什么事都很坦率、为人友善的朋友。

一行人登上了阿拉贝拉，并在船上见到了神情严肃、头发灰白的老船长卡格。尽管他的脸上仍是那一成不变的冷漠神情，帕琪却察觉到了他那双精明的灰眼睛里一闪而过的光芒，这让帕琪觉得他是欢迎大家的。卡格是个经验极其丰富的老水手，并全心全意地效忠于他的小主人。说实话，女孩们一直怀疑亚乔不但是船上的小霸主，更是岛上的小魔王。似乎岛上的每个人都对这个小伙子言听计从。相比之下，见过了大半个世界的卡格船长还不算最卑躬屈膝的。

另一方面，亚乔又是个温和体贴的统治者。刚刚过世的父亲对待下属总是慷慨而周到，这一点无形之中影响了他。小岛刚被买下时荒无人烟，现在岛上的居民都是后来移居过去的美国人。

这个幸运（或者说不幸）的年轻人，因为父母在给他取教名时未能达成统一意见，所以从来都没有名字，只是被简单地叫作"A"。据说他们家是大名鼎鼎的约翰·保罗·琼斯的后裔，他的父亲觉得，作为琼斯家族的一员就足够荣耀了，因此称他"A·琼斯"便好，无需再取名字。他的母亲生前一直叫他的乳名——"亚乔"，之后大家也便都这么叫他了。

纽约人通常不按常理出牌，这行人也不例外。在回到寓所之前，他们决定去市中心的饭店吃一顿。席间亚乔少爷才听说了莫德·斯坦顿小姐明早要来的消息，不过对于她为什么突然造访，还发了封电报通知大家，他也摸不着头脑。

"要知道，我几周前就离开洛杉矶了。"男孩解释道，"我离开的时候蒙特罗斯夫人和她的侄女们正忙得不可开交，根本无暇顾及我。我也没看出来她们有要来东部的迹象。当然喽，可能她们当时也在偷偷准备吧。"

两个女孩清楚地明白，这个小伙子在纽约没什么熟人，孤零零的，再加上他们又十分投缘，便邀请他到家里做客，共度了一个美妙的夜晚。男孩一直坐到很晚才告辞。第二天一早，大家还要去车站接莫德·斯坦顿。

第二章　女孩的到来

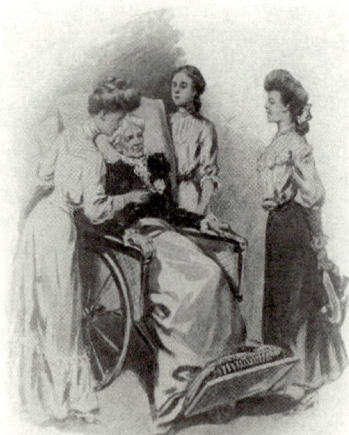

　　一位长相甜美、举止迷人的女孩从卧铺车上缓缓而下，一看到站在那里张开双臂迎接她的朋友们，她脸上原本悲伤忧虑的神色便一扫而空。

　　"哦，莫德！"帕琪第一个冲上去抱住她，"真高兴能再见到你！"

　　贝丝看着莫德的脸，和她亲切地拥抱，不过忍着没发问。亚乔和这位新访客握了握手。接着，约翰舅舅像对待亲侄女一样温柔地亲吻了她。

　　看得出来，他们的热情招待让莫德·斯坦顿很高兴。在开车回寓所的途中，她甚至笑了起来——这是一种迷人、优雅、能征服全国观众的微笑。这位美丽的小姐是个著名的电影明星，风姿绰约，深受观众爱戴，在全国各地都有她的影迷。

　　起初她并不愿意从事演员这个职业，不过迫于生计，只得勉强接受。她的姨妈——蒙特罗斯夫人，曾是纽约社交圈最受欢迎的人物之一，遗憾的是她的丈夫去世了。在姨妈的悉心教导下，莫德和妹妹弗洛伦斯的演技有了很大进展，收入颇丰，过上了较为宽裕的生活。

　　莫德此次突然来东部，着实令人惊讶。一方面，西部的电影公司正急着找她拍戏。要知道，那些可都是最好的电影公司，几乎全美国的电影都是在那里拍的。另一方面，她这次居然没和姨妈还有妹妹弗洛伦斯一起来——换作往常，她和弗洛伦斯可是形影不离的。

　　帕琪和贝丝尽管十分好奇，还是忍住没问。直到回家，吃过午饭，把莫德的行李在客房安顿好后，三个女孩才来得及好好聊了一番。不一会儿，她们便走进了书房找约翰舅舅和亚乔。

"舅舅！莫德打算去战场！"帕琪叫道，"你怎么看？"

"去战场？"梅里克先生惊讶地叫道，"她去那能做什么。"

"她打算去做护士。"贝丝解释道，漂亮的脸上因激动而浮现出柔和的光晕，"这简直是太伟大了！是不是，舅舅？"

"嗯……"约翰舅舅用惊讶地眼光打量着莫德，说道，"这确实……确实是个惊人的决定。"

"可是……听我说，莫德——这实在是太危险了，"亚乔抗议道，"这实在太困难。再说——一个女孩置身于这么恐怖的战争中，能做什么呢？"

莫德静静地坐在中间，面色凝重，若有所思。

"你们应该也猜到了，我来之前就听过很多类似的质疑了。"她语气平和地说道，"不过既然我能够顺利地来到这，就证明我已经说服了我的姨妈、我妹妹还有西部的朋友们。无论你们觉得这个决定是明智还是愚蠢，我都心意已决。我只是照顾伤员，应该不会遇到什么危险。红十字会在世界各地的声望是有目共睹的。"

"红十字会？"约翰舅舅问道。

"是的，我将加入红十字会。"她继续说道，"您知道的，我受过护理方面的专业培训，那是在……"

"我之前并不知道，"梅里克先生说道，"不过接受过相关培训真是太好了。以前贝丝在纽约上过护理课，可是还没等到毕业我就带她去欧洲了。我认为女孩们都应该掌握护理学，这可比她们现在会的那些所谓的技能有用多了。"

"比如狐步舞，还有邦尼—哈格舞。"帕琪不无调侃地说道。

"帕琪可是个了不起的护士。"亚乔心怀感激地看着这位胖乎乎的小姐。

"不过我可没受过专业的训练，"帕琪大笑道，"我给你治疗靠的就是常识，亚乔。我可不会包扎伤口或者治疗枪伤。"

"幸好我还有个结课证书，"莫德说道，"这样我就能受到美国红十字会的认可。有了他们的认可，我才有机会去战场。去了战场，我的价值才能最大程度地发挥出来。"

"你打算去哪？"男孩问道，"是去德国？奥地利？俄罗斯？比利时？还是……"

"我准备去法国，"莫德答道，"我会讲法语。我以前还学过德语，不过现在只会一点点了。"

"你是下定决心要去了吗，莫德？"梅里克先生声音中带着些许遗憾。

"我下定决心了，先生。我明天会去华盛顿取证件，然后搭第一班轮船去欧洲。"

听到莫德·斯坦顿用那种语气说话，就知道没有必要再和她争论了。她的语气既不固执也不傲慢，却透露出坚不可摧的决心。

很长时间内，大家就静静地坐着，幻想着莫德这次去战场可能会发生的事。过了一会儿，贝丝走到梅里克先生身边，用恳求的语气问道："舅舅，我可以和她一起去吗？"

"天啊！"梅里克先生紧张得跳了起来，"贝丝，你也想去？"

"是的，舅舅。我一直都很想帮帮那些可怜的战士们。我想，对于大部分伤情，我是有能力处理好的。"

他盯着她，不知道该怎么回答。这个矮个子男人本身就经常心血来潮。贝丝这次突然决定就像是在模仿他的行为一样，因此他也不好争论。尽管如此，他是个聪明人，深知如此草率地做决定会带来怎样的后果。

"两个手无缚鸡之力的女孩，既没相关知识又无护理经验，平时从霍博肯到布鲁克林都怕得要命，现在却被伟大的牺牲精神感染，准备远赴异国他乡，扎进枪林弹雨之中。这可真是荒唐！"他说道。

"确实不切实际。"亚乔点点头，补充道，"你们两个太漂亮了，亲爱的，我可不舍得你们去冒这个险。万一那些伤员爱上了你们，全都跟着你们回了美国，那可就真要休战了，因为没人去打仗了。"

"别傻了，亚乔。"帕琪严肃地说道，"我决定和莫德还有贝丝一起去。你也知道，我长了这么一张有雀斑的脸，应该没谁会爱上我。"

"简直是一派胡言，帕琪！"

"那你是觉得我漂亮喽，约翰舅舅？"

"我是指你要和莫德还有贝丝一起去，这简直是一派胡言！我决不允许。"

"哦，舅舅！看在上帝的份儿上，拜托别跟我对着干。"

"那就听我的，亲爱的。我向你保证，听我的准没错。"

"你总是对的，亲爱的。"帕琪坐在他的椅子扶手上，在他那胖乎乎的脸颊上响亮地一吻，"不过我已经下定决心要和她们一起去了。你还是同意为好。"

约翰舅舅咳了几声，站起身来，在房间里踱来踱去。接着，他小心翼翼地抬起头，凝视着帕琪的脸，无奈地叹了口气，表示同意。

"太棒了！那就这么定了！"帕琪欢快地叫道。

约翰舅舅转向亚乔，失落地说道："我为这几个女孩操碎了心，现在她们反倒联起手来跟我对着干了。她们总是说爱我，现在却跑去照顾素不相识的外国人，把我一个人扔在这，跟着担惊受怕。"

"不如你也一起来嘛！"亚乔说道，"我也打算一起去。"

"你？"

"这是自然喽。我怀疑这几个姑娘有一种本能，先生——就是那种女性特有的、温柔的，让我们不得不爱她们的本能。无论如何，我都得支持她们。这真是我听过的最高尚、最伟大的想法。听了她们的这个提议，我觉得她们更有魅力，更加吸引我了。"

"我不明白，不明白你为什么会这样想。"约翰舅舅声音颤抖地嘟囔道。

"让我来告诉你为什么吧，先生。她们已经有了自己想要的一切。如果她们想的话，可以一辈子衣食无忧，雍容华贵。然而，她们却富有同情心，担心那些正在受苦的人——也

就是这场有史以来最残酷的战争的受害者，并主动提出要去帮
助他们，不惜放弃舒适的生活，不畏艰险。她们一心一意地想
要去帮助那些垂死挣扎的病患，尽量为他们减轻痛苦。"

"他们可是外国人。"约翰舅舅小声说道。

"外国人也是人啊。"男孩说道。

帕琪大步走到亚乔身边，朝着他的后背猛地拍了一下，
差点把他弄倒。

"伟大的约翰·保罗·琼斯的精神得以传承！"她叫
道，"老兄，你可真是好样的。真高兴我当初救了你。"

男孩笑着，带着询问的眼光看着三个女孩。

"那么我就跟着你们去喽？"他问道。

"我们感激不尽。"犹豫了一阵后，莫德答道，"这一
切都太突然了，我本来打算一个人去的。"

"那可不行。"约翰舅舅欢快地说道，"我的侄女们想
要和你一起去，这让我很惊讶——也很难过。不过或许这是趟
有趣的旅行。告诉我你打算坐哪班船，莫德，我来给我们大家
订船票。"

"不，"亚乔说道，"你不用这样，先生。"

"为什么不呢？"

"我还有阿拉贝拉呢，我们乘它去吧。

"乘它远赴重洋？"

"它以前也出过海。我相信，还是乘自己的船好一些。
要知道，在公海总有不少麻烦事。"

帕琪开心地拍了拍手。"就这么定了！我们可以把它用
作医疗船！"她欢呼道。

大家神色复杂地看着她，眼神中有惊讶、有怀疑，也有

钦佩和赞许。在充分考虑后，这个提议得到了大家的一致通过。

"这真是个让人惊喜的提议。"莫德说道，双眼闪闪发亮。

"这样一来，我们的用处就大得多了。"贝丝说道。

约翰舅舅又开始在房里踱来踱去，不过这次是在努力地压抑自己激动的心情。

"千真万确！"他大叫道，"这真是个聪明又实用的主意，而且有趣极了。那么，现在，所有人都听好了！亚乔，你陪莫德搭乘晚上的航班去华盛顿。你们要说服红十字会支持我们的计划，并给我们开具相关证件。他们得把阿拉贝拉划为医疗船一类，还得承认我们这伙人是红十字会的私人分支——官方的说法叫'分队'。我给参议员写封信，你给带去，他会帮我们准备好护照和所需文件的。你们也知道，选举时我帮了他不少忙。你们去办事，我来负责物资和装备。"

"我也来分担些费用吧。"男孩提议道。

"不，不用了。你已经提供了船，还有船组人员的费用省下了，剩下的就交给我来办吧。"

"我和贝丝来当约翰舅舅的助手。"帕琪说道，"我们得需要一大堆纱布、绷带、药品、镇痛剂，还有……"

"还有，最重要的，得有个医生。"亚乔建议道，"我的游艇上有个伙计叫凯尔西，算是个内科医生。他年轻时学过医术，在船上的时候一直用得上。可是我们真正需要的是一个一流的外科医生。"

"这肯定是项价格不菲的差事。"莫德叹息道，"或许像我一开始打算的那样，让我一个人去更好。不过，如果我们要带医疗船一起去的话，别在装备上花费过多，梅里克先生。是我把你卷进这件事的，我不想给你们带来困难。"

"好吧，莫德，"约翰舅舅回答道，脸上带着开心的笑，"我会按照你的吩咐，尽量节省开支的。"

亚乔笑了笑，帕琪则立刻大笑起来。他们明白，别说是一艘船，哪怕是给一打的船置办装备，对于这个有钱人来说，也是易如反掌。

第三章　吉斯医生的决定

第二天一早，约翰舅舅就醒了，看起来精神抖擞。早饭过后他叫来了他的老朋友，内科医生巴洛。在阐述完自己的整个宏伟计划后，梅里克先生补充道："你也知道，我们得找一个聪明、热心肠并且医术高超的外科医生一起去。你能给我推荐个人选吗？"

巴洛医生好不容易才从惊讶中回过神来，不置可否地笑了。

"你说的那种人，"他说道，"估计得花一大笔钱才能请到。他在这边有那么多病人，收入不菲。我估计你很难提出一个对他有吸引力的条件。"

"就没有资质浅一点的医生能满足我的那些条件吗？"

"梅里克先生，你需要的是一个既懂内科又懂外科的人。外伤可能导致其他并发症，比如发烧，这些都需要一定技术含量的处理。找到一个精通外科的年轻医生或许容易，但如果想找个精通医学的人，就得确保他医龄够长，经验丰富。"

"我们船上已经有个略懂医术的人了——他多年来一直负责治疗船员，干得还不错。所以我估计再找个外科医生就够了。"

"嗯，梅里克先生，我知道这些随船医生，不过万一你们也生病了呢，我不认为把你们的性命完全托付给一个人是个明智的选择。相信我，你们同样需要一个好的内科医生。你知道吗，那些士兵不仅仅死于枪伤，还有很多死于疾病。"

"是吗？"

"是真的，这是无数次战争带来的教训。根据现有消息，目前伦敦那边还没有爆发什么大规模的瘟疫和传染病。不过你得知道，疾病的爆发只是一瞬间的事。"

约翰舅舅皱了皱眉。情况变得比他预想得复杂了。

"那你认为我们现在做的都是徒劳无功的吗，医生？"他问道。

"对别人来说或许是不可能的，对你来说就有可能。你那么有钱，又有这么优秀的侄女，还有艘好船。我听说斯坦顿小姐原本打算独自前往，照顾伤患，我认为这个想法荒谬至极。我也听说，有几个美国女性已经去了，不过我不赞成这样的做法。而另一方面，你们现在的计划如果能够合理实施，将有很大的现实意义，值得赞许。"

巴洛医生一面用手指敲打着桌子，一面沉思。紧接着，他抬起了头。

"不知道吉斯愿不愿意去，"他说道，"他是最适合的人选。如果你能把他争取过来就再好不过了。"

"吉斯？谁是吉斯？"约翰舅舅问道。

"一个怪人，十足的怪人，但却也是个精通医术的聪明人。他刚刚陪地理协会的探险队从尤卡坦回来——对了，他差点在途中丧命。在此之前，他带着救援队去了趟北方。他偶尔在医院工作一阵，当当问诊医生。吉斯没有其他医生那么有名。他是个漂泊不定的人，总是心血来潮。他那么有天赋，却从来不能安定下来做点什么。"

"听起来正是我要找的人。"约翰舅舅饶有兴趣地说道，"我该上哪找他呢？"

"我也不知道。我打个电话问问柯林斯。"

他拿起电话听筒，拨了号码。

"喂，是柯林斯吗？我说，我急着找吉斯。你知道他在——什么？他现在在你旁边？太棒了。你问问他能不能立刻来我办公室，我有重要的事找他。"

约翰舅舅的脸上露出了满意的微笑。巴洛医生把听筒放在耳边，等着答复。"他怎么说，柯林斯？……什么？他不愿意来？……为什么？……简直荒唐！……你和他说，我有个很棒的建议给他……什么？他不感兴趣？那他究竟对什么感兴趣？……你稍等我一下。"

接着，他转身对梅里克先生说道："吉斯打算去钓鱼。他计划今晚就出发，去缅因那边的森林。不过我想，如果你能和他面对面地谈一谈，你或许可以说服他的。"

"你问问他能不能待在那别动，我这就赶过去。"

巴洛医生问了电话里的人，那边停了很久才说话。吉斯医生想知道是谁要去拜访他。"约翰·梅里克，是那个已经退休的百万富翁吗？好吧。"吉斯同意在柯林斯的办公室等二十分钟。

约翰舅舅飞奔上车，命令司机立刻赶到巴洛医生提供的地址。

柯林斯医生的办公室富丽堂皇的。梅里克先生走进了装潢豪华的接待室，向前来接待他的年轻女士报上了自己的名字，并解释说自己要见吉斯医生，已经打电话预约过了。

这位年轻的女士忍住了嘴角浮起的微笑，领着约翰舅舅穿过空无一人的诊疗室和手术室，走进了令人不寒而栗的实验室。屋里站着一个挽着衬衫袖子、抽着玉米芯烟斗、俯身摆弄试管的男人。

约翰舅舅咳了一声，以引起他的注意。负责接待的女士已经悄悄出去，并把门掩上了。男人背对着访客，说道："请坐吧。屋里西南角有把椅子。"

约翰舅舅找到了椅子，静静地等了一会儿，接着脾气就上来了。

"既然你那么急着去钓鱼，干吗不现在就把我赶跑？"他问道。

男人嘿嘿地笑了，肩膀微微颤动。接着，他放下了试管，转过椅子。

看到他的脸，梅里克先生吓了一跳。他的脸上布满了青灰色的疤痕，鼻子塌向一边，嘴也是歪的，露出轻蔑的笑。一只眼睛差不多闭上了，另一只眼睛却睁得大大的。这是梅里克先生见过的最恐怖的脸，他不由得惊呼了一声。

"我就长这样。"吉斯语气平和，神情愉悦地说道，"我不怪你，我也没觉得被冒犯了。现在你知道我为什么不想见陌生人了吧？"

"我——我只是没准备好。"约翰舅舅结巴道。

"要怪就怪巴洛，他应该事先告诉你的。现在我来告诉你我为什么同意见你。我才不管你有什么好提议，先听我说。我想去钓鱼，不过我没有钱。我的那几个好哥们一个子儿也不愿意借给我，因为我还欠他们钱呢。而你呢，你可是约翰·梅里克，钱对于你来说根本就不是问题。我能否斗胆向你预支几百块钱？我就去几周，等我回来，我就接受你的建议，无论什么我都接受。我会为你工作，就当作回报。"

他把烟斗填满，再点燃。梅里克先生若有所思地看着他。事实上，约翰舅舅对这个家伙满意极了。这种异想天开、不守规矩的人正对他的胃口。这个矮个子男人本身就性子古怪，极其厌烦那些因循守旧的人。

"我可以把钱给你，不过我有个条件。"他说道。

"我反对。"吉斯坚定地说道，"一旦加上条件就危险了。"

"我等不了好几周。"约翰舅舅说道，"如果你听了我的计划不感兴趣的话，我不会强求。说实话，我也不确定你是不是我想找的人。"

"哈，看来你被我的样子吓着了。大部分来找我的人都会被我吓到。我可是个倒霉蛋，先生。人们常说，和驼背的人接触可以带来好运。不过和我接触就恰好相反。在去北方的途中，我们经过了一片冰海，一个可怜的家伙从船上掉了下去，我没能抓住他，他就淹死了。我的鼻子原本长得挺完美，结果被两大块浮冰卡住，弄成现在的模样。在尤卡坦时，我跌进了一片有毒的仙人掌中，为了保命，我得立刻给自己动手术。尽管疼得要命，我还是强忍着把毒刺从肉里挑了出来。我身上也有一部分满是疤痕，就像脸上的疤痕一样，所幸身上的伤疤可以用衣服遮住。那场手术实在不成功。我本来可以不留疤痕的，可是当时实在是太疼了，弄得我手忙脚乱的。别盯着我那只眼睛看啦，先生。那可是玻璃做的。我在伯南布哥探险时瞎了一只眼睛，当时又找不到适合我尺寸的玻璃眼。实际上，这块玻璃是当时镇上唯一的一块，本来是做给一个西班牙的胖女人的，不过她嫌颜色不好就没要，这才归我所有。"

"你确实——呃——挺不走运的。"约翰舅舅低喃道。

"瞧瞧这个。"吉斯说着，从身旁衣架上挂着的大衣内兜拿出了一本皮革质的相册，一页页地翻着，"这有张我的照片，是我踏上冒险这条路之前拍的。"

约翰舅舅带上眼镜，好奇地端详着照片。照片上的人长着一张漂亮的脸，轮廓分明，表情丰富，富有男子气概。尤其是那双眼睛，清澈坦率，十分动人。

"那时你多大？"他问道。

"二十四。"

"现在呢？"

"三十八。估计你也猜到了，这十四年来发生了很多事。好了，"吉斯边说边把照片小心翼翼地放回相册，"现在你可以给我讲讲你的建议了，看在你刚刚那么耐心地听我讲完的份上，我会认真听的。"

梅里克先生简要地讲了下自己打算带着医疗船去欧洲的计划，包括前因后果，以及事情的紧急性。在讲到他家的女孩们和衷心支持她们的亚乔时，他的声音温柔地停顿了片刻。

吉斯医生一边抽烟，一边静静地听着。接着，他拿起电话，拨了一串号码。

"帮我告诉霍金斯，我不去钓鱼了，"他说道，"我有别的事要干。"接着他转向梅里克先生，露出了并不美观的微笑。

"这就是我的答案，先生。"

"但是我们还没提薪水的事呢。"

"别管薪水了，我可不是个见钱眼开的人。"

"何况我还不确定……"

"不，你确定。我会和你一起去的。你知道为什么吗？"

"因为这是个新颖的计划，从人道主义的角度来说十分具有吸引力，况且……"

"我倒是没想这些。我之所以要去，是因为你们打算去的是有史以来规模最大的一场战争，是因为我预见到了我们将要面临的危险，不过最主要是因为……"

"什么？"

"因为我是个懦夫——一个天生的懦夫——我觉得强迫自己面对枪林弹雨是件挺有趣的事儿。这是实话，我可没说谎。而且很长时间以来，我都一直想知道……想知道……"他的声音渐渐弱下去，变成了喃喃低语。

"想知道什么，先生？"

吉斯医生打起精神来。

"哦，你是想要我完全坦白吗？那好吧。很长时间以来，我一直想知道，人类最容易的死法是什么。别多想，我不是心理变态，我只是身上受了点伤。我热爱这个职业，并精通医术。如果我能够摆脱这副鬼样子，那我会高兴得发疯的。"

第四章　医疗船

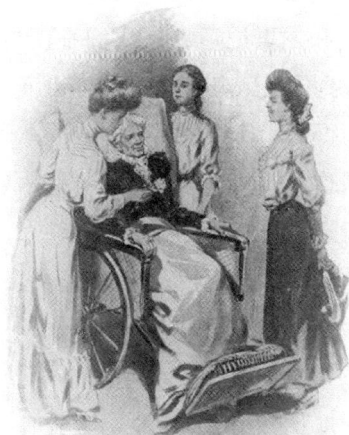

　　吉斯医生实在是个了不起的人。对于阿拉贝拉都需要哪些装备物资，他了如指掌。在预算极其充足的情况下，他把这艘漂亮的游艇打造成了一艘极为专业的医疗船。第一次见面，吉斯就喜欢上了伙计凯尔西，并发现他是个得力的助手。两人之间的交流十分默契。凯尔西是个沉默寡言的人，尽管在医疗方面经验不足，却十分细心。他偶尔会在专业知识上判断错误，但是有赖于丰富的阅历，他总能避免犯错。

　　卡格船长毫无异议地接受了突如其来的新状况。或许在心里，他还为自己的船要被用作医疗船而愤怒不已，可是他无法表现出来。对他来说，小主人的命令就是金科玉律，他的职责就是遵守。对其他船组人员来说，也是一样。

　　三天后，亚乔和莫德·斯坦顿返回了华盛顿。二人此行十分顺利，这让他们感到很开心。

　　"我们把需要的文件全备妥了。"男孩热情地对约翰舅舅、贝丝和帕琪说道，"我们不仅得到了美国红十字会的许可，还拿到了战区其他机构的许可证。不仅如此，你的议员朋友也很靠得住。猜猜怎么着？我们拿到了国务卿的信——还有一封法国临时代办的信——那可是六名杰出的外国使者啊，我们居然得到了他们的支持！这样一来，我们在欧洲就可以自由行动了，我们想去哪救人就去哪救人，用处可大了。"

　　"太棒了！"帕琪叫道。

　　"梅里克先生是个大名鼎鼎的慈善家。他的名字就像护身符一样。"莫德说道，"另外，有好多人提出要给我们提供经济上的帮助。我们的计划受到了大家的欢迎。"

"你们没接受吧？"约翰舅舅紧张地问道。

"没有，"男孩答道，"我对他们说这是我们的私人计划。我们这样做是出于自愿，而不是被迫履行某种义务。"

"正是这样，"约翰舅舅说道，"我们可不想被其他人给束缚了。"

"对了，你找到医生了吗？"

"找到了。"

"水平怎么样？"莫德立刻问道。

"有人极力推荐他，医术应该不错。不过他的样子实在是不敢恭维。"看到舅舅犹豫了一下，帕琪接着他说道。

"这没什么。"亚乔轻快地说道。

"没什么？好吧，你最好把这句话留到见面之后。"她答道，"你绝不会想朝着他的脸看上第二眼，我保证。之后你肯定宁愿盯着他背心上的纽扣看。"

"我倒是很喜欢他。"贝丝说道，"他是个聪明，真诚又热心肠的人。他的容貌确实有缺陷，不过那也没办法，谁让他遭遇了那些不幸的冒险经历。"

"听起来正是我们想找的人。"亚乔断言道。他的语气如此坚定，之后想要反悔也是不可能了。

只有一周的时间来装船，好在他们的财力和物力充足，很好地弥补了时间上的不足。战场传来的消息瞬息万变，令人深感时间的紧迫，一刻也不敢耽误。大家都在疯狂地赶工，以便能尽早到达战场。德国如今大势已去，从巴黎到维特利的大军正在全面撤退，一路上硝烟弥漫，死伤无数。

"我们到加来得多久？"大家急切地问卡格船长。

"得八九天吧。"船长说道。

"我们的船又不是大客轮，哪有那么快。"小琼斯说道，"不过要是天气好的话，阿拉贝拉会按时抵达的。"

九月十九日，在置办好物资，备齐了文件后，这艘漂亮的游艇离开了港口，开始航行。天气格外的好。在途中，女孩们一直忙着准备简陋的制服，并不停地向吉斯医生询问各种医学知识，小到刮伤，大到截肢。吉斯医生用自己那特有的古怪又幽默的方式，给她们提了很多实用又宝贵的建议，以供她们应对各种紧急状况。起初，他并不愿意面对这几个年轻的女孩，不过看到她们对自己这样坦诚相待，并没有在意他的身体缺陷，并一心一意地投身于救治工作中，便很快就释然了。

到了晚上，吉斯医生给她们展示了止血带、绷带以及其他急救工具的用法，由约翰舅舅和亚乔轮流充当伤员。吉斯的手法极为熟练。三个女孩中，莫德·斯坦顿拥有医护文凭（虽然缺乏实战经验），贝丝·德·格拉夫也在学校学过一年多的医学课程。然而却是毫无基础的帕琪·道尔操作得最为熟练。

"不知道如果真的见到血了，我会不会晕倒。"帕琪说道，"不过我只要精力集中，就不会出什么问题。"

吉斯医生又详细地讲解了麻醉剂的使用方法，不过这次就不能实景演练了。帕琪还学习了皮下注射器的使用方法。对此，莫德和贝丝已经熟练掌握了。

"我们这有大批量的，各式各样的吗啡，"医生说道，"我希望它能在安抚病人方面派上大用场。"

"我对使用这种药品持保留意见。"约翰舅舅评论道。

"但是想想有了这种药，病人可以减轻多少痛苦。"莫德说道，"如果要说吗啡在什么地方是合法的，那一定是在战场上。它可以让人们战胜无法忍受的疼痛，从而拯救无数性命。我相信吗啡的发明是对人类来说最大的福音。你觉得呢，吉斯医生？"

吉斯医生惊讶地眨了眨那只完好的眼睛，每当他听到什么有趣的事时，都会这样眨眨眼。

"吗啡，"他答道，"相比于它救的性命，它毁掉的性命更多。无论在任何情况下，给任何人服用吗啡都是很危险的事。不过，我相信在这次任务中它会派上大用场，所以才装了这么多。我建议你们别告诉病人你给他用了吗啡。他只关心结果，所以最好别告诉他是什么帮他减轻了疼痛。"

一天，风平浪静，阳光明媚。他们在船头支了个架子，并在船舷两侧画了个大大的红十字标志。船上的每个人都带着印有红十字标志的袖章，连水手都是。约翰舅舅为这个徽章深感自豪。他很喜欢看着他家的女孩们穿着端庄的制服，带着护士帽在甲板上走来走去。

亚乔在整个航程中状态都好极了。这次他终于相信，自己已经摆脱了晕船的阴影。随着船一点点驶近目的地，一股兴奋之情笼罩着整艘船。连水手们都被女孩们的热情感染，热烈期盼着尽快到达目的地，投入救助工作中。

到了这时，约翰舅舅才开始着手打理他带来的一个特殊的礼物———一辆在纽约买的，根据战场的特殊情况装配的救护车。实际上，厂家的目标群体本是参战的各国政府。因此，能够买到一辆，梅里克先生深感幸运。救护车的功能十分强大。里面的吊床可以安置六名伤势严重的病患；还有带垫子的座椅，可以安置十二名轻伤患者。司机在开车时有防护罩的保护，以免遭到流弹伤害。

除了这辆豪华救护车，梅里克先生还准备了一辆小号的救护车。尽管这一辆车没有吊床，却更加灵活，可以更迅速地抵达目的地。两辆救护车都标有红十字会的标志，负责将伤员运到阿拉贝拉上。船上还有两艘汽艇，以便船上的人登陆上岸。

他们特意没带司机来，因为约翰舅舅相信，与美国本土的司机相比，当地的司机对地形更熟悉。另外，以他的个人经验来看，法国的司机绝对是所有司机中最棒的。

还有几天就要靠岸了。这段时间里，梅里克先生一直在忙着检查两辆珍贵的救护车，并给船上的每个人讲解操作方法。在他的指导下，连几个女孩都学会开救护车了，而亚乔则成了行家。

"我觉得，"亚乔说道，"我在整个准备工作中都没发挥什么作用。除了提供了这艘船以外，我就置办了两样东西，还不一定能用得上。"

"你都准备什么了？"站在他身旁的吉斯医生问道。

"热水瓶，还有烟。"

"烟！"贝丝惊恐地叫道。

医生却赞许地点了点头。

"棒极了！"他说道，"除了镇痛剂和麻醉剂以外，香烟是最能让病患缓解疼痛的东西了。在欧洲的所有医院，都有护士提供香烟。你带了多少？"

"一共十箱，每箱大概有两万五千支。"

"加起来有二十五万支啊！"贝丝惊得目瞪口呆。

"太少了，"医生半是认真，半是玩笑地说道，"我们得尽量省着点用。还有，热水瓶也很有用。在唇焦口燥，累得要瘫倒时，如果能喝上一杯热咖啡，简直就像重新活过来一样。我的孩子，你做得很好。"

第五章　来到前线

九月二十八日，船刚刚驶进英吉利海峡，就接到了一艘英国战船的信号，只得被迫顶风停住，让一群官员登船。看到阿拉贝拉挂着美国国旗和红十字会会旗，英国官员的态度很客气，但还是坚定地表示要登船搜查。他仔细地查看了他们携带的证件和文书，看起来饶有兴致。

"那么，你们是支持哪一边的？"他问道。

"哪一边也不支持，先生。"作为阿拉贝拉的主人，亚乔答道，"无论穿着哪方的制服，只要是孤苦无依的伤患病人，我们就会尽力施以援助。不过我们的目的地是加来。我们打算跟着法国军队走。"

官员庄严地点了点头。

"我想，"他说道，"你们一定知道，海峡到处都是水雷。你们得看着地图走，不然会极其危险。我会给你们的领航员一张示意图，不过你们得保证会保守秘密，并且把这张图给加来那边的英方军官。"

他们同意了。例行公事后，官员准备下船。

"我得祝贺你们，"他在离开时说道，"你们拥有我目前见过的设施最齐全的医疗船。想必你们也知道，这边已经来了很多医疗船了，不过它们大多是小船，设施也很简陋。能被你们照顾的伤员真是幸运。感谢你们远道而来，不计成本，来帮助这场战争的受害者。我代表协约国感谢你们！再见！"

直到很久后，他们都还记得这个善良的官员。他比他们之后遇见的大多数英国人都要慷慨得多。

卡格船长继续前行，仔细地对照着地图，小心翼翼地避开了有水雷的区域。然而，不到两小时，船再一次被拦住了。这一次是一艘装甲巡航舰。尽管之前的官员已经检查过证件了，他们还是又检查了一遍。经过一番仔细搜查后，船才被放行。船上的人发现海峡上方有好几艘军用飞机，在空中来回盘旋，令人目不暇接。

在瑟堡，一艘法国战舰拦住了他们。舰上的一位军官来到船上，给了他们一张新的地图，地图标注了从瑟堡到加来途中的雷区。这名军官用一口流利的英语给他们详细讲解了该怎样安全前进。可以看出，他对约翰舅舅一行人前来帮助他的同胞的无私行为深表感激。

"你们在从事一项危险的工作。"他说道，"不过世界各地的人都对红十字会尊敬有加——连德国人也是。你们听说最新战况了吗？我们已经把敌人赶回了埃纳省，并有力地阻止了他们的进攻。安特卫普目前被包围了，不过我相信它会坚持住的。估计比利时很快就要开战了，接着就是德国。要知道，我们的口号可是'打到柏林去！'。"

"或许我们应该直接去奥斯坦德。"约翰舅舅说道。

"那儿现在还被德国人把守着呢，先生。或许再等几天，比利时的侵略者就会被赶跑了，到时奥斯坦德可有得忙活了。不过我建议你现在先别去。"

尽管这名官员态度友好，瑟堡的形势又很明朗，他们还是在这个港口被扣押了好几天才被放行。他们被这无尽的繁文缛节弄得甚为恼火，却只得忍受。傍晚时分，他们终于抵达了加来，并成功靠岸，停在了一片军舰中。

这次，他们又要接受英法双方海军的检查，并出示护照和文件。不过这次检查过后，他们受到了热烈的欢迎。

约翰舅舅和亚乔决定上岸打探最新的战况，然后在当晚九十点钟进城。他们发现整个加来都处于极度兴奋的气氛之中。街上满是英法的军队，中间夹杂着狂喜的市民们。他们全都在热烈地讨论着战况，并时不时焦虑地望向黑压压的天空。空中布满了德军恐怖的齐柏林飞艇。

"我说，安特卫普现在怎么样了？"宾馆大厅挤得水泄不通，亚乔好不容易找到了一个英国人，打听着情况。

那个人转过身，盯着亚乔。他神情傲慢，上下打量着提问题的人，气得亚乔不由得握紧了拳头。接着，那个英国人转身走开了。站在一边的一位看客被逗乐了。这位旁观者也是个英国人，不过穿着中尉的制服。

"你也不能怪他，你都没正式向他介绍自己。"他对亚乔说道，"不过我可以回答你的问题。安特卫普难逃一劫了。"

"哦，你真的这样想？"约翰舅舅有点不自在。

"尽管我不愿承认这一点，但是确实无疑。我们在比利时的部署本就出了点问题，昨天安特卫普又发生了炮击，根本不可能一直撑着。可能现在安特卫普就已经在重炮的轰击下沦陷了。"

这话让人听了不寒而栗。

"那要怎么办呢？"亚乔紧张得几乎不能呼吸了。

男人用一个典型的英式耸肩作为回答。

"我们这群人会找到事做的。"他回答道，"不过与其在一旁心急如焚地干等，不如主动出击。知道吗，我们是预备队，目前为止还没实际打过仗呢。"

在和几名士兵还有市民交谈过后——市民们大都过度紧

张，语无伦次，两位男士心情沉重地返回码头。他们穿过小巷，看到路上全是抽泣着的女人，因为恐惧而紧紧抓着妈妈的孩子，成群结队、瑟瑟发抖的老人和男孩，以及行进中的军队。军队的警惕有序和市民的惊惶无措形成了鲜明的对比。城市的上空正在打仗——一场无情、惨烈的战役——这场战役严重地影响了大家的情绪。

那天夜晚，阿拉贝拉上召开了一次紧急会议。

"按照我的理解，当前的情况是这样的，"亚乔说道，"埃纳省当前的战局比较稳定——至少目前如此。双方都在不断地挖战壕，这注定是场旷日持久的战争。安特卫普正在遭受重炮轰击，尽管那是个牢固的要塞，协约国的将领却认为很快就要守不住了。一旦安特卫普沦陷，德国人就会一路冲下来，一直到加来海岸。他们会先占领几英里外的敦刻尔克，接着就是加来了。"

"换句话说，"约翰舅舅接着说道，"接下来的几周，这里很可能是最重要的战场。那么，现在的问题就是：我们是把船停在这，把救护车卸下来开到阿拉斯，在法国的战壕后方展开救援工作呢，还是直接把船开去敦刻尔克——一个很可能变成前线的地方呢？要知道，我们并不是战士，只是想要帮助伤员的平民。再说了，到处都是伤患，没必要非得去前线。"

大家分为两派，僵持不下，过了很久也没得出结论。约翰舅舅支持在战壕后方展开救援，因为这里是最安全的地方；然而姑娘们却没有意识到潜在的危险，更倾向于去比利时的战场。

"比利时的人民，真是既伟大又勇敢。"贝丝说道，

"在所有军队中，我最乐意帮助比利时的军队。"

"但是，亲爱的，没剩下多少比利时的军队了。"她的舅舅反驳道，"我打听到，在敦刻尔克还有一小拨比利时军队——装备得也很简陋——大部分的军队都和艾伯特国王在安特卫普。一旦安特卫普沦陷，他们要么被德国人俘虏，要么逃到荷兰。不过我们不用急着今晚做决定。明天我去见见法国指挥官，听听他的意见。

然而，与加来指挥官的会谈结果并不令人满意。指挥官刚刚接到战报，德军那四十二厘米口径的大炮正在一点点摧毁安特卫普。现在整个城市硝烟弥漫，艾伯特国王的军队命途堪忧。为此，指挥官十分焦虑，根本没心情说话。

美方领事也无力帮助他们。在听过整个问题后，他说道："我建议你们等上几天再做决定。战场的局势瞬息万变，可能只是一天——甚至一小时，整个战局都会扭转。没人知道会发生什么。你们可以时不时地来找我，我会把我知道的所有信息都告诉你们。"

吉斯先生是陪着亚乔和梅里克先生一起去的加来。尽管在各种谈话中近乎沉默，他却保持着敏锐全面的洞察力。在回到甲板上后，他对女孩们说："我们留在这里也没什么价值。我今天见到了几个法国人，向女人们炫耀着自己缠着绑带的脑袋，渴望得到她们的倾慕。除了他们几个，我就没见到别的伤员。另外，这里的医院秩序也很好。是的，确实没有什么空床了，不过医生说也不会再有伤员被送过来了。我相信慈善修女会和法国的红十字会有能力处理好当前的情况。另外，港口这里已经停了两艘政府的医疗船了。我们留在这里只会帮倒忙。然而，从这往下走，在阿拉斯南部的战壕里，战争仍在继续，每天都有新的战壕被攻陷。那儿离这儿不过五十英里——我们开救护车过去也就两三个小时——我们可以按照最开始的计划，把伤员接到这里疗伤。

"可是对于一个伤员来说，五十英里可是一段相当长的距离。"

"千真万确。"医生说道，"不过路况还好。"

"别忘了车里还有吊床呢。"亚乔补充道。

"我们可以试试，"帕琪很希望能尽快做些什么，"我们不能明天就去阿拉斯吗，舅舅？"

"我突然想起来，我们得先找个司机。"梅里克先生答道，"不过根据我对加来人民的印象，这可不是件容易的差事。"

"为什么？"

"每个人都吓得不会动了。"亚乔大笑道，"不过我们可以请指挥官帮忙推荐，那个老头看起来挺友好的。"

然而第二天，又有重要的消息传来：安特卫普投降了，比利时军队正在逃往奥斯坦德，德军紧随其后。

消息是他们从市政府的一个勤务兵口中打探到的。勤务兵还说，指挥官现在很忙，不过会尽量抽出时间见他们。这位年轻的法国小伙子说着一口流利的英语。看得出，早上传来的消息令他很激动。

"这意味着战争终于要打到我们这里来了！"他激动地喊道，"德国人很快就会攻打敦刻尔克和加来，我们这边增援的兵力正在赶过去。"

"增援的兵力是英方的还是法方的？"约翰舅舅问道。

"这里虽然是法国的领土，"小伙子不无尴尬地答道，

"不过我们很高兴有英国这个盟友来支援我们。英方的驻法将军现在在敦刻尔克。我想，英方很有可能会加入法比大军。"

"看起来他们在安特卫普的表现并不尽如人意。"亚乔评论道。

"啊，先生，他们都是海军预备队，不能指望他们表现得有多好。哦，别误会我的意思。我尊敬英国的士兵——十分尊敬。他们都是勇猛的战士。不过要是他们的军官能再聪明点，英军就无懈可击了。"

看到当前的话题似乎讨论不出什么结果，约翰舅舅便请这个勤务兵推荐一位司机来开救护车——一位有能力又细心，在关键时刻靠得住的人。

勤务兵想了想。

"最好的几名司机都已经有任务在身了。"他说道，"我们或许可以给您派一名司机，不过得需要将军的批准。您有要务在身，我们会尽量满足您的要求的。"

然而，等到他们终于被指挥官接见时，却发现他比往常烦躁得多。他已经没有精力再给他们出谋划策。哪里都需要红十字会的工作者，他们到哪都会受到欢迎。而现在，他只得抱歉地说道自己实在脱不开身，如果有事请找梅胡上校。

在被打发走之前，约翰舅舅小心翼翼地打听了司机的事。"我们目前没有多余的司机可以派给你们。"指挥官几近粗鲁地说道，"协约国在佛兰德已经濒于绝境了。梅胡上校负责美方的有关事宜。他肯定能帮你们找到司机——可能是个比利时人。"

然而，站在门外候命的勤务兵却不以为然地笑了。

随便找个司机是件很容易的事，不过对他们来说根本没什么用。所有的好司机都已经被政府征召了，可惜指挥官却没有派一位给他们。

"他倒是提到了一个比利时人。"约翰舅舅打探道。

"我知道，不过目前在加来的比利时人都是流亡过来的，被吓得不轻，失魂落魄的。"他想了一会儿，然后说道："我建议你们把船开到敦刻尔克。穿过海峡就到了，离这很近。那边的局势和加来差不多。一旦那里沦陷了，这也会跟着沦陷的。另外，那里到阿拉斯和贝罗尼的路况更好。你们在那里更容易找到好一点的比利时司机。如果你们想……"他迟疑了，目光敏锐地看着他们。

"什么，先生？"

"如果你们想立刻赶到前线，展开工作，敦刻尔克是最好的选择。留在这里，只会一直被拒绝。"

他们离开了这个年轻人，严肃地思考着他的建议。接着，他们又去了一家医院。一名看起来劳累过度的英国医生友好地接待了他们，并提出了类似的建议。"你们去敦刻尔克吧，你们在那会比在加来更有价值。"他说道。

接下来的时间，他们在城里四处打探消息，并到处寻找合适的司机，结果无功而返。十月十一日的早上，他们离开了加来，沿着海峡前往敦刻尔克的港口——这是唯一一条通往敦刻尔克的水路。海岸线那里水位太浅，不适合停船。

等到抵达佛兰德，他们发现这儿的氛围与加来截然不同。尽管与加来相比，这离前线近了十二英里，可是人们却没有表现出惊慌。每个人都面色平静，整个城市井然有序，和往常没什么分别。

目前城里满是比利时的士兵和市民。英法的军队按计划每个小时抵达一批。法方将军和英方总指挥官把总部设在了一家著名旅馆，旅馆周围的一切都井然有序，完全没有出现混乱的情况。在旅馆，在咖啡厅，在酒馆……到处都挤满了比利时人。他们大部分是比利时的预备役士兵，正在等待自己的制服和武器。他们就坐在那里，有说有笑，看起来十分轻松，好像还没听说他们的国王打了败仗，正在慌忙撤退的消息。直到有人问起，他们才会谈起打仗的事。每个人都衷心地期盼着比利时军队能够从安特卫普顺利撤回。

今天，三个女孩穿着制服，戴着帽子，和几位男士一起上了岸。凡是她们走过的地方，都有英俊勇武的士兵向这几位善良的天使脱帽致敬，这让她们十分感动。

一行人对城里的医院进行了一番巡视。医院里早就挤满了伤员。吉斯在其中一间医院停留了很久，帮助一位法国医生完成了一场复杂的手术。莫德和贝丝以前都实习过，表现得十分镇定，得到了吉斯医生的表扬。反倒是帕琪，这是她第一次亲眼见到手术的场面，不禁吓得面色苍白。

第六章　小莫里

一行人返回码头时已接近傍晚。阿拉贝拉就停在码头旁。突然，一辆军用汽车呼啸而来，吓得街上的行人四下逃窜。车突然转向，沿着码头追着一个没来得及逃跑的行人。行人吓得拼命地跑，直到体力不支，才瘫倒在地。

"嘿，我们有事做了！"吉斯医生叫道。他跑过去扶起那个行人，检查着他的状况。义愤填膺的市民们站在一旁，议论纷纷。那辆军用车并没有停下，很快就消失在视野范围内。

"他没受什么严重的外伤，但是已经失去意识了。"吉斯医生说。"我们把他抬到船上治疗吧。"

在亚乔的帮助下，吉斯医生把病人放置在汽艇里，运上医疗船，安置在吊床上。

"我们的第一个病人竟然不是士兵，"帕琪有点失望地说道，"我叫贝丝和莫德来照看他。"

"可是他受伤了啊。"亚乔说道，"不用你叫，贝丝和莫德已经在下面照顾他了。我担心他活不久了，可怜的家伙。"

"他那时为什么不让路呢？"帕琪颤抖地问道。

"很难说。可能他当时在想别的事，没注意到有车吧。也可能是他没来得及跑吧。我估计那辆车是急着送信，应该是有什么重要的消息。在我看来这儿的官员不像那种草菅人命的官员。"

"是啊，他们看起来挺关心百姓的。"她说道，"我倒是想知道他们想传的消息是什么，亚乔。"

　　她刚问完，头顶就传来了一声粗犷的哨声，岸上的人也开始叫喊，紧接着，一阵震耳欲聋的爆炸声传来。大家都立刻冲到了甲板上，看到卡格船长站在那里，朝空中张望着。

　　"发生了什么，船长？"帕琪气喘吁吁地问道。

　　卡格抚摸着灰白的胡子。

　　"德国人投了颗炸弹，帕琪小姐。不过我认为应该没造成什么损害。"

　　"炸弹！德国人现在在我们上方吗？"

　　"准确来说不是的。是一架飞机扔的。"

　　"哦，那它现在在哪？"

　　"飞机吗？在挺高的地方吧，我估计。"船长答道，"我刚才瞥到了它的踪影，不过就一小会儿，它就消失在云层里了。"

　　"我们得把救护车弄上岸。"亚乔说道。

　　"先生，不用着急，时间还充裕着呢。"船长肯定地说道，"我刚刚看到飞机往北面去了，所以它目前应该不会再回来骚扰我们了。"

　　"朝北去是哪里？"帕琪问道，身体不住地颤抖着。

　　"我想应该是尼尔波特——也有可能是迪克斯莫德。"卡格答道，"我年轻时去过比利时，不过记不太清了。我们现在在敦刻尔克，离比利时边界很近。"

　　"又来了！"又传来了一声尖锐的哨声，亚乔尖叫道。这一次，炸弹掉进了海里，在距他们半英里的地方激起了一阵水柱。这次他们清楚地看到了另一架大型飞机在上空盘旋着。不过这一架也朝北方开着，不一会儿就消失不见了。

　　约翰舅舅忧心忡忡地赶到甲板上。那天晚上，爆炸声接二连三地响起。

"好吧，"帕琪在努力地保持冷静，"我们终于还是来到前线了，舅舅。你感觉怎么样？"

"我没想到会有炸弹。"他答道，"不过我想，既然已经来了，无论发生什么，我们都得接受。"

紧接着，吉斯医生来了。他和莫德分别在两边搀扶着病人。吉斯咧开嘴笑得很开心——不过这笑容在旁人看来很吓人。

"这位先生没有骨折，"他对梅里克先生说道，"他就是受到了惊吓，身上有多处擦伤，因此不宜一直躺在床上。"

"还提床呢！德国佬什么时候来？"病人的神色轻蔑地说道。不得不说，他的英语说得不错，"真是荒唐！等把德国佬赶回他们的老窝后，我们才能睡觉！才能休息！现在这种形势下，休息就是犯罪。"

大家好奇地打量着他。这是一个矮小的男人——看起来就像小孩子——他的体格精健，面颊呈古铜色，眼睛像天空一样蓝，头顶有些脱发，脸皱成一团，髭须浓密，胡须长到一半。他的衣服脏兮兮的，而且破破烂烂，可能是刚刚的事故造成的。他应该在三十到四十岁之间，整个人看起来十分精明。

"您是比利时人吗？"约翰舅舅说道。

他斜靠着栏杆，甩掉了医生的搀扶，答道："是的，先生。我在比利时出生，在美国上的学。"他的语气中透漏出傲慢，"我是在美国赚的钱。"

"是吗？"

"千真万确。我在纽约一家餐馆做了五年服务员，后来辞职回到了比利时。结婚后，我在根特附近买了块地。你们可能也猜到了，我在比利时可是个举足轻重的人。"

"啊，我猜您是个官员吧。您是在政府任职还是在部队任职？"亚乔语气中带着嘲弄。

"我的职位可比那个高。我是个公民。"

"我喜欢你这种精神。"约翰舅舅赞赏道，"亲爱的朋友，您尊姓大名？"

"我叫莫里，先生，雅各布·莫里。你可能在纽约见过我。"

"我记不得了。既然你住在根特，那你来敦刻尔克干什么？"

他神情愤怒地看了一眼这个提问题的男人。然而，约翰舅舅平静的神情安抚了他。

"您来这的时间不长吧？"

"我们才刚刚到。"

"在这看到的并不是比利时的真实状况。假如你到了比利时——我的祖国——你就会发现，到处都是德国佬。我在布鲁塞尔的家被炮弹击毁了，我刚出生的小女儿也因此丧生。我的土地也都毁了——我的庄稼都被掠去喂那些德国战马了，剩下的都被这群德国强盗吃了。我的家都被毁了。于是我就和我的妻子还有儿女离开了。我把他们带到了奥斯坦德，打算从那坐船去英国。结果到了奥斯坦德，我就被德国佬抓住，送进监狱了。幸运的是，只有我被抓了，我的妻子和孩子幸免于难。在被关了三周后，我被放了出来。他们就直接把我推到大街上，一句道歉的话都没有。我向他们打听我的家人在哪里，他们反倒大笑着走了。我开始到处寻找我的妻子。在路上，我遇到了一个朋友，他说，在当前的局势下，比利时人是无法坐船从奥斯坦德去英国的，因此我妻子应该是去了伊普尔。我便听从他的建议，去了伊普尔。到了那，我又听说无家可归的人都被送到了尼尔波特和敦刻尔克，我便又去尼尔波特找，还是没找到。于是我就在三天前来到了敦刻尔克，可是还是没能找到我的妻子。或许她消失了吧——不过我不会麻烦你们的。女士们，先生们，这就是我的故事。我——列日地区一个富有的地主——一个被祖国，被家庭抛弃的人！"

"真可怕！"帕琪叫道。

"简直惨无人道，"男人说道，"只有美国人才能体会到'惨无人道'这个词有多可怕。"

"你的命运确实很悲惨，莫里。"梅里克先生说道。

"也许，"贝丝小心翼翼地说，"我们可以帮你找到你的妻子和孩子。"

看到大家对自己的同情，这个比利时男人很高兴。他直起身板，挺起胸膛，又低低地弓下了腰。

"这是我的故事，"他重复道，"但是要知道，这也是成千上万个比利时同胞的故事。我总是会遇到正在找妻子的男人，也总会遇到正在找丈夫的女人。没办法！这就是我们的命运——这就是已沦陷的比利时的命运。

莫德给他拿来了一把躺椅，让他坐下。"你今晚就待在这吧。"她说道。

"没错，"吉斯医生说道，"他得等到明早才能继续寻找妻子。对于一个普通人来说，像他那样跌了一跤，可能会丧命的。不过这个家伙倒像是铁打的。"

"要知道，我做过服务员。当服务员可是能锻炼出肌肉的。"莫里说道。

亚乔递给他一支香烟，他立刻拿了过来。吸了几口后，他说道："我听到德国佬扔的炸弹声了。这群德国佬，越来越嚣张了。他们先是用炸弹吓吓我们，然后就正式发动进攻。"

"你认为德军现在离我们有多远？"贝丝问道。

"在尼尔波特一带吧。不过他们不会再前进了。"

"不会？为什么？"

"肯定不会，小姐。比利时的军队，还有法国的军队，都在那等着他们呢。"

"那你认为敌军不会攻陷敦刻尔克吗？"琼斯问道。

"敦刻尔克？德国人攻陷敦刻尔克？决不可能。"

"为什么不可能？"

"敦刻尔克已经加强了防守。这里是通往加来、多佛和伦敦的要塞。先生，你想想，我们不能再失去敦刻尔克了，更不能再失去尼尔波特，这可是我们在比利时的最后一块领地。因此，德国人不可能攻陷这里的，在基钦纳将军赶来救我们之前，他们是杀不光我们的。"他一面抽烟，一面若有所思地说道，"当然喽，如果伟大的英国军队没来救我们，那就让德军把我们都杀光吧。等我们都死光了，也就无所谓什么国家不国家的了。"

尽管莫里这样肯定，大家却仍放心不下。这个比利时人总是夸夸其谈，让人很难相信他的话。然而，亚乔却认为，莫里是本地人，肯定要比其他人更了解这个国家。吉斯医生也支持他的病人。实际上，吉斯挺喜欢这个小个子男人。在大家都散去睡觉后，他仍在甲板上与他的病人交谈，征求他对于战争的看法。

"你说你在根特有一片地？"医生问道。

"是的，医生。"

"可是之后你又说你的地在布鲁塞尔。"

莫里听到后并没有露出疑惑的表情。

"哦，我好像是这么说的。我把在根特的地卖了，又在布鲁塞尔买了一块新的。"

"还有，如果我没听错的话，你刚刚还说你的家在列日。"

莫里看着他，带着嗔怪的表情。

"比利时总共才多大啊？"他说道，"有钱人只能有一套房产吗？我在列日有一套避暑别墅。我夏天在那儿住，冬天再搬回安特卫普。"

"可你刚刚说的是根特。"

"我刚刚说出错了，确实是根特。这场灾难让我脑子糊里糊涂的，像是变了个人。"他叹息道。

"没关系，"吉斯安慰道，"你身上仍保有一个好侍者的基本素质。无论这儿发生了什么，莫里，你都可以回美国继续生活。"

第七章　在火线

第二天一大早，一阵炮声从远处传来，船上的人都被惊醒了。大家迅速赶到甲板上集合，发现莫里正倚着栏杆，站在那里。

"他们到了。"莫里摇着头说，"德国佬已经到尼尔波特了，还有一部分军队已经打到佩尔维茨了。迪克斯莫德那边也有机关枪开火的声音。这肯定是场大战！不知道我们敬爱的艾伯特在不在那。"

"谁是艾伯特？"帕琪问道。

"我们的国王。昨天听人说，他逃跑了。"

"我们得立刻把救护车搬到岸上。"贝丝说道。

"我帮你一起搬。"约翰舅舅也和大家一样激动，"卡格船长，你先去和码头打好招呼，我来找人帮忙搬车。"

"我们还要找司机吗？"吉斯医生一边说，一边把绷带等医疗用品搬进救护车。

"如果找不到司机的话，我来开车。"亚乔果断地说道。

"但是你不熟悉这里的路啊。"

吉斯医生转向莫里。

"你能帮我们找一个司机吗？"他问道，"我们需要一个车技好又可靠的人来开救护车。"

"你们要去哪？"莫里问道。

"去前线。"

"很好。我来开吧。"

"你？你会开车？"

"我可是个行家，先生。"

"你不是饭店的服务生吗？"

"哼！那可是五年前了。现在的我可什么车都会开——而且我对这儿的路了如指掌。"

"那么你就是我们要找的人了。"梅里克先生如释重负道。

游艇慢慢地驶向码头。莫里说道："等到了码头，我就上岸打探消息。我很快就会回来的——等我回来，就什么消息都知道了。"

在他跑下楼梯之前，帕琪给他的胳膊绑上了一个印有红十字会标志的袖章。他面带微笑，赞许地看着她，接着便很快消失在大家的视野中。

"他看起来一点也不像受伤了。"帕琪看着他一路飞奔，说道。

"是啊。"吉斯说，"他这种家伙，除非粉身碎骨，否则根本不会有什么异样。不过，谢天谢地，他会开车。"

梅里克先生没费多大力气，便召来了几个人，帮忙把两辆救护车用吊钩运上了码头。两辆车已经全部装配完毕，可以立即投入使用。

吉斯医生又将手术设备搬下了船。接着，大家便四处张望，寻找莫里的身影。离开了近一个小时后，莫里才急匆匆地跑回来。他的声音有些喘，眼里闪烁着激动的光芒。

"艾伯特在那儿！"他叫道，"艾伯特和他的军队在尼尔波特！他们会把堤坝打开，让洪水把干道以外的土地都淹没，这样我们就可以抵御敌人了。干道和沙丘都被我们占着，那些德国佬还想前进一步？门都没有。"

"他们还没开打吗？"

"哦，已经开打了。敌军的大炮已经开火了。但是那又怎样呢。我们可能会牺牲一部分人，可是还会有更多的人站起，抵御德国佬的进攻。"

"我们立刻开始行动吧。"莫德恳求道。

莫里开始研究那辆大的救护车。他看起来就像猫一样机敏。仅仅用了十分钟，他就把车的情况摸透了。接着，他试着动了动手柄，检查了下油箱里的油，然后便发动了引擎。

"我坐在你旁边吧，万一碰上什么紧急情况，我可以帮你。"亚乔坐上了副驾驶的位置。吉斯医生、凯尔西医生和三个女孩也上了车。帕琪不想约翰舅舅跟着去，一直在恳求他。可是约翰舅舅实在忍不住，还是在车子开走前的最后一秒，跳上了车，猛地关上了身后的车门。

"你们可是我的孩子，"他说道，"无论你们去哪里，我都会跟着的。"

莫里把车径直开进了城里，直奔北大门而去。琼斯一路摇着铃铛。街上的车辆都把路让开了。行人们看到这辆插着美国国旗，闪闪发亮的新救护车，都欢呼了起来。

上面下达了严格的命令，不许任何人离开敦刻尔克。然而，负责通行的官员意识到这行人正在从事着神圣的使命，便没有加以阻拦，而是冲他们脱下帽子，以示敬意。

通往菲内斯的路况很好，一路上车都开得很顺利。然而，等到进了城，他们才发现整条街都被挤得水泄不通。军队、军车、补给车、大炮、弹药车和自行车塞满了整个街道。听到铃铛的声音，前面的人立刻把路让开了，并且发出阵阵欢呼。

莫里的眼睛像宝石一样闪烁着，双手泰然自若地握着方向盘，手法娴熟地驾着车。刚刚的路并不好走，街上的人群熙熙攘攘，从尼尔波特逃来的难民一拨接着一拨，一辆辆军车、自行车和货运马车夹杂在其中，时不时还会碰上快马加鞭奔赴前线的人。在距菲内斯不到两英里时，他们还撞见了一个身受重伤的士兵。他的腿缠着绷带，满是血污，依靠在同伴的肩上，蹒跚而行。他的同伴左臂无力地垂下，看起来也受了伤。

莫里来了个急刹车，贝丝立刻跳出救护车，跑到士兵面前。

"上车吧。"她用法语说道。

"不用了。"其中一位士兵笑着说道，"我们不要紧的，谢谢你。你们快继续赶路吧，前面的人还需要你们呢。"

"谁帮你包扎的伤口？"她问道。

"红十字会的人。前线有很多红十字会的人，可是还远远不够，他们现在忙得不可开交。你们快去吧，有些战友伤得比我们严重得多。"

贝丝跳上救护车，车立刻开走了。令人沮丧的是，糟糕的路况使得前进变得十分困难。沙丘挡在路的中央。堤坝已经打开，海水汹涌而出，不断地拍打着路堤，陆地俨然成了内海。

离尼尔波特越来越近了。大家发现沙丘上满是整装待发的士兵。他们把防空洞挖好，并在里面架上了土炮和机关枪。公路两侧排满了大炮，双边轮流开火，使得整个村庄笼罩在烟雾之中。

莫里开着车左拐右拐，尽量避开路上的障碍。突然，一枚炮弹从天而降，落在离车子两百码的地方。随着一声巨响，一阵尘土被高高激起。坍塌的房屋将远处的路完全封住了，他们只得调头，另寻他路。车子一路沿着道路边缘前进，总算穿过了层层废墟，抵达前线。莫里把车停在了距战场四百米的地方。

从左侧的大海到尼尔波特，再到右侧的伊普尔，目光所及之处，尽是并肩作战的比利时、英国和法国军队。救护车的旁边是军队的预留区，一群刚刚从前线撤下的士兵正站在那。其中一位军官告诉梅里克先生，他们从黎明起就一直在奋力作战，抵御敌军炮火的袭击，已经快要筋疲力尽了。士兵们的脸都黑黑的，布满了灰尘，身上的衣服破旧不堪。天气十分寒冷，很多人却连帽子都没有，更别提大衣了。天空中满是烟雾，炮声响个不停。尽管条件这样艰苦，大家还是开心地站在那里，有说有笑，像是刚放学的孩子。哪怕是受了伤的人，也并没有在意自己的伤势。

几个女孩看到眼前的一幕，都吓呆了——这是她们头一次，也可能是最后一次见到这样的场景。大家坐在那里，还没来得及动，莫里却猛地调了头，沿着山脊一路前进。这里应该是附近唯一一处妥当一点的地方了。这一回，他把车停在了一座大沙丘附近。这里不仅离前线更近，还相对安全一些。

就在距他们五十码的地方，停着另一辆救护车。车的轮子陷进了松软的沙子里。带着红十字袖标的男男女女来回穿梭，忙着对伤员进行急救。对于伤势轻一些的士兵，他们就做些临时的简单包扎。至于那些伤势较重的士兵，他们则抬上担架，进行进一步救治。这些人中，大部分是法国人，有一些是英国人，还有几个人来自比利时。约翰舅舅他们则是在场唯一的美国人。

伤员们步履蹒跚地朝着救护车走去。有些人甚至在手脚并用地爬过来。几个女孩看到这一幕，立刻跑过去施以援助。约翰舅舅看到后，脸上的神色凝重了起来。在出发前，他在心里做了种种设想，却从未想过会遇上这种情况。他知道红十字会在各地都广受尊敬，便想当然地认为他的孩子们会很安全。他做梦也没想到，他们会面临这样战火纷飞的场景。

"太棒了！"莫里欢快地叫道，"在这个位置能看到一般人看不到的场景。红十字会可真是金牌令箭。"

"跟我来，快！"亚乔的声音在一片喧闹中显得十分尖锐，"我看到一个人倒下了——就在那——那边！"

他一边说，一边抓起担架跑上前去，莫里紧随其后很快便消失在烟雾里。约翰舅舅看到了贝丝和莫德。她们正在忙着拿纱布、石膏、绷带等医疗工具。接着，他又看到了帕琪——她正搀扶着一位高个子、灰头发的士兵，缓缓地朝着救护车走去。紧接着，他转过身，看到古斯医生身子靠着防护沙袋，蜷缩成一团，扭曲的脸孔激烈地痉挛着，双腿不停地颤抖。

第八章　懦夫

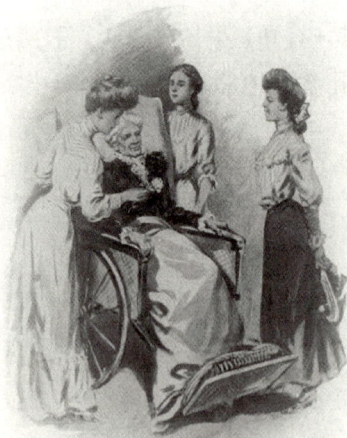

"天啊！"梅里克先生吓了一跳，立刻跑向吉斯医生，"你被击中了吗？"

吉斯用渴求的眼神看着他，点了点头。

"你被打中了哪里？被什么击中了？子弹吗？"

医生双手绞在一起，可怜地呻吟着。约翰舅舅弯下腰，等着他的回答。

"告诉我啊，"他说道，"告诉我，吉斯！"

"我……我害怕，先生……害……害怕。我胆……胆子小。我……我克制不住，先生。"说完，他就瘫了下去，一动不动地躺在沙堆上。

约翰舅舅惊呆了，他往后退了几步，脸上带着轻蔑的表情，弄得吉斯羞愧万分，身子抖个不停。

帕琪搀扶着士兵走了过来。这位士兵的制服十分花哨，看起来是个军官。他的脸很粗糙，须发花白，神情疲惫不堪，目光却十分坚毅。弹片击中了他的左侧身体，从肩膀到膝盖都在流血，可他却没有发出一声呻吟。梅里克先生和帕琪小心翼翼地把他扶上了担架。接着，帕琪把他身上的衣物剪开，为他清理伤口。尽管她的脸色苍白，动作却十分冷静。这是她第一次实际操作，她打算以此证明自己的勇气。

约翰舅舅跳到沙丘旁，一把抓起吉斯，狠狠地拽着他的衣领。

"快起来！"他命令道，"这儿有个人受了重伤，你给我尽全力救治他——马上就去！"

吉斯挣开了束缚，坐直了身体，看起来有些茫然。接着他双手搓了搓头，回过神来，慢慢地站起身。他面带惧色地朝着前线瞥了一眼，迟疑不决。然而，听到有人需要手术，他还是战胜了恐惧，飞快地冲进了救护车，好像身后有一群饿狼在追他一样。

等到终于安然无恙地坐在了车里，吉斯才对伤员瞧上一眼。看到伤员的伤势，他立刻回过神来。看到帕琪已经把伤员的衣服剪开，露出开裂的伤口，他便拿来热水，熟练地清理着凝结的血块。

接着，琼斯和莫里也搀着病人走过来。二人拿过一副担架，放在地上。这时，约翰舅舅走了过来。

"我们要把他放进担架吗？"他问道。

"我认为没有必要。"莫里上气不接下气地说道。

"医生在哪里？"亚乔问道。

凯尔西刚刚在别处忙着，听到亚乔的声音便走了过来，看了看担架上的士兵。

"他已经死了，"凯尔西说道，"我们救不了他了。"

"那就快把他放下！"莫里叫道。大家把这个可怜的家伙平放在沙子上，身上盖了一张布。"快过来，"莫里激动地催促道，"那边还有很多活着的人，我们快点去救他们。"

亚乔和莫里立刻跑开了，凯尔西拿着物资朝着另一个方向跑去。梅里克先生四处寻找着另外两个女孩的身影。四周烟雾弥漫，他好不容易找到了莫德，朝她走了过去。就在距他们不到五十英尺的地方，一枚炮弹打进了沙堆，并未爆炸，却激起阵阵尘土。

莫德刚刚在给一位年轻的士兵包扎枪伤。士兵一直微笑着看着她。等她包扎完毕，士兵冲她深深地鞠了一躬，低声道谢后便拿起枪冲回前线了。尽管身上有伤，他仍在坚持战斗。

"德军都跑哪去了？"约翰舅舅问道，"我怎么一个也没见到。"

就在这时，前方传来了一阵巨大的欢呼声。人们冲向前方，消失在浓烟之中。

"他们是发起冲锋了吗？"大家站在那里盯着远方的烟雾，莫德问道。

"我……我不知道。"约翰舅舅结结巴巴地说道，"这太……太让人困惑了，就像一场梦一样。贝丝去哪了？"

"我也不知道。"

"你们是在找那位年轻的护士小姐吗？"身旁的人开口说道，"她在那边，"他一只胳膊吊着，另一只胳膊指向远方的沙丘，"她刚刚帮我包扎完，把我送到了这里——愿上帝保佑她！"这位英国兵转身走了。莫德和约翰舅舅沿着他刚刚指的方向去找贝丝。

"她怎么会这么鲁莽。"约翰舅舅紧张地说道，"这儿的情况就已经够糟了，每离前线近一步，危险都会再增加一倍。"

"我不同意你的观点，先生。"莫德平静地说道，"就在刚刚，就在离我两步不到的地方，也有一个人被杀死了。"

约翰舅舅全身战栗着，掏出手帕擦了擦额头上的汗珠，没有回答。二人穿过山丘，发现防空洞里有几名倒下的士兵，其中一人还在痛苦地呻吟着。莫德跑上前，跪在他身旁，掏出一支针扎在他的胳膊上。

"忍着点，"她用法语说道，"疼痛很快就过去了。我一会儿就回来照顾你。"

那人感激地冲着莫德点了点头，却仍止不住地呻吟着。莫德急忙跑到梅里克先生身边。

"贝丝肯定在下一个防空洞里。"约翰舅舅对刚刚赶上他的莫德说道，声音无法抑制地颤抖着，"真希望你们这几个女孩不要这么莽撞。"

果真如此，两人在旁边的防空洞找到了贝丝。她正站在几个人中间，给一个手骨折的士兵打着绷带，其他人在一旁耐心地等着。贝丝身旁蹲着一位面色和蔼的慈善修女会会员，她正在为一名濒死的士兵作祷告。小型武器相互碰撞的声音与机关枪刺耳的轰鸣声交杂传来。紧接着，大家听到了一声长啸——一声持久而充满激情的长啸。

"很好，"贝丝身旁的一个高个子男人说道，"我猜我们已经夺下了敌军的阵地。"

"我想是这样的。陛下。"贝丝正在照顾的那个人答道，"就这样就可以了，我可以再撑一会儿，谢谢您的照顾。我们赶紧过去吧。"

两个人跑向了前线。

约翰舅舅惊呼道："他刚刚叫那人陛下！这两个人是谁啊？"

"那位，"一个列兵自豪地说道，"是我们的艾伯特。"

"你们的国王？"

"没错，先生。就是高个子的那位。另一位是梅斯将军。我敢肯定，我们把德军击退了。真是太幸运了，我们的冲锋成功了。"

"国王给了我一枚戒指。"贝丝展示着她的戒指，"看到我在帮助他的士兵，他很高兴，不过他叮嘱我要尽量远离前线。艾伯特国王英文讲得棒极了。他还说，除了他的国家，他最喜欢的国家就是美国了。"

"他以前去过你们国家，"士兵解释道，"不过他哪都去过——在他登基之前。"

莫德和贝丝动作迅速地为其他人进行急救。

约翰舅舅说道："让我们遵照国王的建议，回到救护车那边吧。帕琪和吉斯医生在那儿呢，他们肯定需要你们的帮助。"

回去的路上，他们看到防空洞里坐着一个身着灰色制服的男人。他从容地倚在沙堤上，缓缓地吸着烟。

"啊，是个德国人！"莫德惊呼道。她跑向他，问道：你受伤了吗？"

那人瞥了一眼她的制服，点了点头，指了指自己的左脚。莫德这才发现，他的左脚踝以下全都破了。一块手帕草草地绑在了腿上，充当止血带，暂时止住了血。

"快去拿担架，"莫德对约翰舅舅说道，"我在这陪着他，等你回来。"

约翰舅舅没说话，匆匆赶去拿担架。贝丝紧跟着他。两人走到救护车旁，看到莫里和亚乔正忙着。六张吊床中已经有五张被占用了。

"把另一张留着，"贝丝说道，"莫德发现了一个德国人。"接着她赶去帮助帕琪。两位医生都忙得不可开交。

琼斯和莫里在约翰舅舅的指导下把担架抬到了沙丘旁。

莫德正在那等着。大家一起把德国人抬上了担架，然后安置在最后一张吊床上。

"好了，我们得尽快回到船上，"吉斯说道，"我们这儿至少有两个人需要立刻动手术。"

莫里坐到了驾驶的位置。

"小心点开车！"身旁的亚乔提醒道。

"那是自然。"莫里启动了引擎，"他们都身受重伤，如果车晃动得厉害，扯到了他们的伤口，你就安抚他们说他们是在为自己的国家受罪。"

前方全是沙子，不宜转弯，莫里便倒车，在狭窄的山脊上一路奔驰。见证了这一幕的亚乔对他佩服得五体投地。转了好几个弯后，车子终于又回到了公路上。突然，莫里来了个急转弯，紧接着一个急刹车，惹得车里的人一阵惊呼。

"出了什么事？"梅里克先生把头伸出窗外，打探道。

"我们差点压到人。"亚乔一边说，一边从座位上爬下来，"前轮差点就碰到他了，还好莫里及时把车停下了。"

一个人斜趴在路中央。从他身上的红蓝制服看来，这应该是个比利时的士兵。莫里把车后退了一码左右，莫德立刻跳下车，俯下身，跪在这个人旁边，查看情况。

突然间，刚刚平息下来的前线又沸腾了起来。一阵疯狂的呐喊声朝着他们的方向袭来。

"快跑啊！"吉斯尖叫道。他颤抖着，双手痛苦地绞在一起，"德国人发起冲锋了！快开车啊，老兄——快开车！"

然而莫里却一动不动。

"没错，德国佬发起冲锋了。"他答道。正在撤退的比利时军队在视野中越来越清晰了，"但是他们会在这停下的，因为我们挡住了路。"

除了莫德以外，大家都向战场望去，战局已经演变成一场肉搏战了。大军离他们越来越近，就在离他们不到一百码的地方，比利时大军突然停住，站稳了脚跟。

"他还活着，"莫德跑到车旁说，"帮我把他抬进来。"

"车里没有空位了。"吉斯抗议道。

莫德轻蔑地看着他。

"我们会找到空位的。"她答道。

突然，一颗子弹击碎了吉斯医生身旁的玻璃，然后从另一侧打开的窗户划过，所幸没有伤到人。现在的情况下，子弹从四面八方袭来。不仅仅是吉斯医生，大家都有些紧张。约翰舅舅帮亚乔把伤员抬上了救护车，平放在地板上。这样一来，帕琪就只能坐到前排去，和莫里还有亚乔挤在一起。约翰舅舅对此极力反对。"你不能冒这样的险，你这是在拿命开玩笑！"他抗议道。

尽管约翰舅舅极力反对，却没有时间再争论了。帕琪刚刚坐下，比利时的防线就崩溃了，大军朝着他们的方向奔来。莫里立刻发动汽车，救护车沿着宽敞的高速公路朝着敦刻尔克的方向一路狂奔，战火的轰鸣声逐渐消失在身后。

第九章　勇气，还是哲学

"我现在才发现，"莫德走上甲板，开心地说道，"约翰舅舅把这艘船打造得真棒，完全是一艘现代化的专业医疗船。我敢肯定，比起在加来看到的那些临时的船，我们的船条件好多了，又没有医院那么拥挤。我们的设施这么优越，如果病人还没能迅速康复，就要怪他们自己的身体条件了。"

就在刚刚，莫德和贝丝还有帕琪一起，协助吉斯医生和凯尔西照顾病人。船上总共有十一个病人，有些病人已经脱离了险境，可是有的人情况还很危急。尽管情况很棘手，医生还是坚持让几个女孩先去休息。

"能把船装得这么好，多亏了吉斯医生。"面对莫德的盛情赞扬，梅里克先生谦虚地说道，"还要感谢亚乔，是他提供的船。对了，吉斯医生现在怎么样了？还吓得直哆嗦吗？"

"没有，他现在好多了，已经不紧张了。这场战争真是场浩劫，是不是？"

"亲爱的，对于这个国家来说，这确实是场历史性的浩劫。不过，今天看到人们展现出来的勇气，我惊呆了。比利时人民真是勇敢。"

"没有我们救的那个德国人勇敢，"莫德若有所思地说道，"他肯定特别难受，却一直忍着。医生要把他的左脚截掉，他却主动提出不要打麻药。"

"他会讲英语或者法语吗？"

"不，他只会讲德语。幸好卡格船长懂德语，他一直在帮我们翻译。"

"我们在半路上发现的那个比利时人怎么样了？"

"他还没有恢复意识呢。他的后背受了伤，失血过多，休克了。"

"就我目前观察到的情况来看，比利时军队一直在前进，他们的士兵应该不会伤到背部啊。"约翰舅舅迟疑道。

"他是被炮弹击伤的，"她说道，"有可能炸弹就在他身后爆炸了。吉斯医生说他伤得很严重，但是如果好好休息，养精蓄锐，还是可以康复的。"

帕琪此时正躺在她的房间里，痛苦地哭泣着。贝丝在一旁尽力安慰她。今天经历了那么多可怕的事，可是为了自己的使命，她还是努力地控制着情绪，为伤员进行救治。然而，等到终于可以休息，她还是忍不住了，趴在床上嚎啕大哭起来。

看到那样血腥的场面，贝丝心中也很不舒服。但是她之前上过护理课，预想到过类似的情况，已经做好了心理准备。此外，在来之前，她每天都看新闻报道，因此对这场战争的残酷程度有所耳闻。要不是帕琪先忍不住哭了，她可能自己也会哭的。

相比于她们两个，还是莫德·斯坦顿最为冷静。在甲板上待了半个小时后，莫德精神焕发地回到医务室，继续照顾起病人来。她协助吉斯和凯尔西截掉了德国人的左脚。尽管德国军官拒绝使用麻药，但是看到他已经疼得神志不清，他们还是给他使用了麻醉药来缓解疼痛。吉斯医生的医术十分高超。他衣不解带地救治着伤员，直到十一个伤员的伤势全部得到了适当的处理，他才停下来休息。凯尔西也累得不轻。莫德提出要留在病房，照顾行动不便的士兵们。两个医生便走出病房，来到甲板上抽支烟，缓口气。

在大哭了一阵后，帕琪也冷静下来。贝丝带她来到甲板上，和其他人一起呼吸着新鲜空气。已经下午四点了，今天接二连三地发生了太多事，忙得大家都忘记了吃午饭。侍者端来茶和三明治，供大家享用。

大家成群坐在那里，一边喝着茶，一边讨论着今天发生的事。这时，莫里摇摇晃晃地向他们走过来，摘掉了帽子。"不好意思，"他说道，"所有的伤员都安置妥当了吗？"

"我们已经尽力了。"贝丝说道，"我也想谢谢你，雅各布·莫里——我们都要感谢你——你今天帮了我们大忙。"

"嘿！这不算什么。"他换了一只脚站着，"我很享受这一切，小姐。我喜欢冲进火线，把伤员救出来，我喜欢这种感觉。这样不仅能帮助他们，也给我们带来了很大的安慰。我要是没跟你们来，便对前线的战况一无所知，和那些还待在敦刻尔克的可怜人没两样。"

"我们自己都没搞清情况，"约翰舅舅说，"现在离得这么远都还能听到枪声。我们离开时，战线还一直在前后移动，就像大海里的波浪一样。要不要来杯茶，莫里？"

莫里迟疑了一下。

"我不想麻烦别人，"他缓缓说道，"不过，如果哪位小姐有时间，可不可以帮我看看我的胳膊，我会很感激的。"

"你的胳膊？"贝丝叫道，惊讶地看着眼前站着的人。

莫里笑了。

"这没什么，不值得一提，小姐。就是一颗子弹……"

"把你的大衣脱掉！"贝丝命令道。她从座位上站了起来。

莫里照做了。他的衬衫上满是血污。贝丝拿出剪刀，把他的左袖剪了下来。一颗子弹刺穿了他的左臂，所幸没有伤到骨头和肌肉。

"你怎么不早告诉我们呢？"她责备道。

"和你照顾的其他人来比，我这点小伤根本不算什么。"他答道，"拿水清理一下，再包扎一下就好了。"

帕琪已经去拿水了。没过多久，贝丝就开始娴熟地为他清理起伤口来。

"你是怎么伤到的，莫里？"琼斯问道，"大部分时间我都和你在一起，并没察觉到你有什么异样啊。另外，你根本没提你受伤的事啊。"

"我们在路上不是救了一个后背受了伤的士兵吗？当时战线快速地朝我们这边移动。子弹打中我时我就坐在座位上，对着方向盘。我当时意识到自己被打中了，不过我发现胳膊还可以动，所以就没声张。我心想，等到回船上再处理就好。我们要是再在那多待一会儿，估计就全都挨枪子儿了。我们阻止了子弹继续前进，子弹也阻止我们的生命继续前进。"他被自己的话逗乐了，笑着补充道，"在该跑的时候跑掉，才是真正有勇气的表现。"

"疼吗？"约翰舅舅问道。贝丝正拿着纱布和绷带给他包扎伤口。

"隐隐作痛，先生。不过我明天可以正常开车的。谢谢你的包扎，小姐。我还是不喝茶了，来点白兰地吧。"

"给他在茶里加点白兰地吧。"吉斯建议道。他注意到莫里的身体在微微摇晃，说道："请坐吧，伙计，放松点。我愿意用一百万美元和你换点胆量。"

"你有这么多钱吗？"莫里问道。

"没有。"

"我并不觉得你缺乏胆量，"莫里若有所思地说道，"我今天一直在观察你的表现，医生先生。我想，你缺乏的是勇气。"

吉斯用完好的那只眼睛死死盯着他。

莫里有些尴尬地扭过头，喝了口加了白兰地的茶，漫不经心地说道："我还没做过什么比这还有趣的事。我们深入战争内部，却能够安然无恙。我们对战争双方一视同仁，施以援助，因为打仗的士兵是无辜的。政治家对将军说：'我们已经宣战了，去打仗吧。'将军对士兵说：'上面命令我们打仗，去吧。我们不知道为什么要打仗，但这是我们的责任，因为我们的职业就是打仗。所以，去送死吧，要么被打成碎片，要么掉个胳膊少只腿，听天由命吧。'士兵唯一能做的就是服从。他们必须支持国家的政策，无论对错。但是让他们置身于危险之中的政治家呢？他们有受到一点伤害吗？似乎没有。"

"嘿，没想到你还是个哲学家啊，莫里。"帕琪说道。

"没错。"莫里同意她的说法，"但是哲学就像勇气一样，都只是嘴上说说而已。我们趾高气昂，高谈阔论，说政治家是鲨鱼，朝士兵叫傻瓜。但是就这样能有什么用呢？战争还是会继续，敌人还是会毁掉我们的家园，拆散我们的家庭，抢走我们的食物，让我们挨饿至死。不管怎么说，用哲学的思维看待问题还是有好处的。但是就我个人而言，还是算了吧！"

"我想，你还在为你妻子的事而难过吧。"帕琪说道。

"我倒没有那么难过了，小姐。但是我知道，她肯定在为我难过。"他答道。

"等我们一闲下来，"帕琪继续说道，"我们就去找你的妻子和孩子。我相信我们肯定会帮你找到他们的。"

莫里有些不自在地挪了挪椅子。"我求求你们，别为我的事费心了。"他说道，"红十字会的事就够你们忙的了，何必再管我这个微不足道的瓦隆人呢？"

"你的事就是我们的事，莫里，"帕琪诚恳地说道，"你是我们共患难的朋友。如果没有你，我们今天是不可能赶到前线的。我们一定要帮你找到你的妻子，报答你。"

莫里沉默了一会儿。看到他脸上忧虑的表情，便知道他的内心在激烈地挣扎。

"她长什么样？"贝丝问道，"你有她的照片吗？"

"没有。她照相不太好看，小姐，"他叹息道，"克拉瑞特很高，很胖。每次我捡的柴火不够烧，她都会绷着脸看着我。还有，她是个虔诚的信徒。"

"有了你的描述，我想我们会找到她的。"帕琪热情地说道。

莫里看起来有些困惑。

"你们要是高兴，就去找吧。"他哀伤地说道，"我想克拉瑞特会照顾好自己的。她的意志很坚强。"

"但是如果能确定她还活着的话，你也会放心些呀。"贝丝说道，"你昨天说你到处都找遍了，也没找到她。"

"要是我之前说的是到处都找遍了，那就是我说错了。她肯定在什么地方，只是我没找到而已。昨天我慎重地想了一下，我决定，"他的声音变得有些神秘，"我目前还是不要找她为好，这样我就可以继续为红十字会效力了。"

"那你的孩子呢？"帕琪反驳道，"他们在外面漂泊不定的，时刻处在危险之中，你一定放心不下吧？"

"说实话，小姐，"他说道，"他们不是我的孩子。我有一个孩子，是个婴儿，已经死了，我之前说过。另外那一男一女两个孩子是克拉瑞特和她前夫的孩子。她的前夫是迪南的一个铁匠，总是殴打她。"

"但是我相信，你也爱那两个孩子。"

他摇了摇头。

"他们多少遗传了亲生父亲的坏脾气。既然我娶了克拉瑞特，我就得接受他们——就像接受了她带来的银汤匙和方格桌布一样——不过既然命运把我和孩子们分开了，或许这就是最好的结果吧。"

医生轻蔑地哼了一声，亚乔却笑了。几个女孩听到他的话后十分震惊，但也明白了：莫里的私事用不着她们插手。约翰舅舅听到他的这番坦白，感到十分有趣。在其他人都没做声的情况下，约翰舅舅说道："命运就是这样，总是在人们幸福时突然变得残酷。"他说，"现在所有比利时人都往法国来了，或许，莫里，不用你找她，你的克拉瑞特会主动来找你的。你觉得呢？对了，德国人会攻下敦刻尔克吗？"

听到话题终于变了，莫里的脸色明显自然了许多。

"今天不会，先生。接下来的几天也不会，"他答道，"法国人可不能再失去敦刻尔克了，明天他们就会派一支精锐部队去抵抗德国侵略者。如果我们继续待在这，我们定会一直处于战线后方。"

第十章　战争的受害者

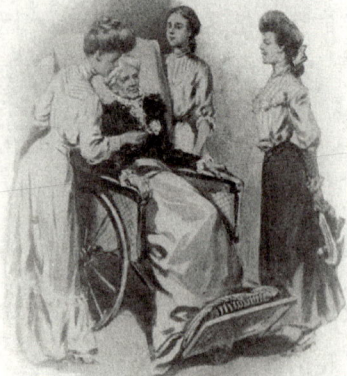

　　其他人在甲板上聊天时，莫德一直在下面照顾病人——这场残酷的战争的受害者们，正因病痛而不停地辗转呻吟。船的主舱和客舱都是按照现代化医院的标准装配的。客舱能够轻松容纳二十二人，主舱还能再多装十二人。因此，现在的十一个人住得很舒适。这十一人中，只有三个伤势较重。其中一个是那个被截肢的德国人，不过他在麻醉药的作用下睡得正香。这个男人有着铁一般的意志和沉着冷静的性格，因此大家都相信他很快就会康复的。还有一个是在路上发现的比利时士兵，他背部中枪，现在还没有清醒过来。吉斯医生把他身上的弹片清理掉，伤口包扎好，然后气馁地摇了摇头。不过这个年轻人仍然保持着平稳的呼吸，因此也就没必要刻意让他清醒过来。

　　另一个身受重伤的是一位法国的陆军中士，他的身上全是溅飞的弹片。吉斯医生给他做了简单的检查后，只得承认他没救了。

　　"他可能会活到明早，"医生平静地低头看着正在呻吟的病人，"但是不会再久了。我们只能让他少受点苦了。"

　　他指的是给病人服用强效药物。士兵很快便昏睡过去，静静地等待着死亡。除此之外，吉斯医生也没有别的办法了。

　　剩下的病人中，两个比利时人坐在舱房的角落，静静地打着牌。二人的头上都缠着绷带。还有一个腿受了轻伤的人平躺在沙发上，惬意地看着书。一位年轻的法国军官正在兴高采烈地和他的战友聊着天，他在战争中失去了三根手指。他的战友头皮被子弹擦伤了，但仍坚称自己两天后就可以重返前线，继续战斗。剩下的人都静静地躺着，要么在睡觉，要么在养伤。值得一提的是，每个人都换上了干净舒适的衣服，享用了美味的食物，得到了良好的照顾。

整个晚上下来，莫德并没有觉得自己的工作很繁重。事实上，她对这些勇敢的战士怀有深深的同情，所以更加体贴地照顾他们。她一会儿给这人端点水，一会儿给那人进行冷敷，一会儿给大家喂点退烧药，事无巨细，照顾得无微不至。莫德能够说一口流利的法语，因此她可以和病人们毫无障碍地交流。大家都争先恐后地和这个漂亮的护士小姐攀谈，讲讲自己的故事、伤心事以及对未来的向往。通过谈话，莫德发现自己对战争的本质了解得更深刻了，这比她从新闻报道中了解到的要多得多。

大家都在前舱吃晚饭的时候，贝丝接替了莫德。晚饭后，吉斯医生又给病人检查了一遍。除了那位年轻的比利时士兵以外，其他人的状况都不错。可惜，法国中士的情况依然没有好转。在医生的建议下，伤势较轻的几位病人去甲板上走了走，呼吸了一会儿新鲜空气。

午夜的时候，帕琪接替了贝丝。第二天早上六点的时候，莫德过来接班。她刚刚睡了几个小时，因此精神焕发。到了病房，她发现帕琪正紧张得直发抖。原来是那位法国中士一个小时前去世了。帕琪被这残酷的现实吓到了。

"哦，我们做的一切都是多余的！"帕琪扑倒莫德的怀里，嚎啕大哭。

"我们必须得习惯这样的事，亲爱的。"莫德轻声安慰着她，"我想，这种事恐怕会经常发生的。至少我们在他生命的最后一刻，帮他减轻了痛苦，让他能够安静地离去。我们应该为此感到高兴。"

"我知道，"帕琪轻啜道，"但是这一切都太可怕了。哦，战争是一件多么残忍、多么可恶的事啊！"

凭着中士身上的文件，约翰舅舅联系到了他的家人，告知了他的死讯。中士的家就在离这不到五十英里的一个小山村里。他的兄弟白天来接走了他的遗体，送回家安葬。

第二天一早，卡格船长接到当局的通知，要把阿拉贝拉开走，转到更远的一个泊位。这样一来，想要上岸，就要用两艘汽艇。隆隆的炮击声从尼尔波特、迪克斯莫德、伊普尔三地不停地传来。很显然，双方都增强了兵力，战况愈演愈烈了。正如莫里所料，协约国成功地抵挡住了敌军，使他们无法前进。

对于第一天在前线发生的种种，约翰舅舅一点也不满意。他坚定地认为，让几个女孩身处险境是极不理智、鲁莽至极的行为。在和亚乔、凯尔西、卡格船长以及吉斯医生严肃地商讨过后，大家制定出了一个更好的方案。

"这几个护士小姐还要在船上照顾病人，已经够忙了，"吉斯说道，"等船满员了以后，她们还需要更多的人手，不然她们会累垮的。她们和专业的护士不同。她们的情感太敏锐了，对每个病人都怀有深深的同情，这份同情对她们来说并不是什么好事。"

"我不赞成她们离开船。"凯尔西医生说道，"前线的医疗人员已经够多了，而且人家都是政府派来的。"

"因此，"亚乔补充道，"就让我们几个男人负责开救护车，接伤员回来吧。莫里的胳膊受伤了，不便活动，今天就由我来开车。我对路况很了解，对自己的车技也有信心，我想我会做得不错的。谁要和我一起去？"

"毫无疑问，我要去。"凯尔西平静地回答道。

"吉斯医生留在船上吧，船上的病人需要他。"约翰舅舅断言道。

"是的，我最好还是留在船上吧。"吉斯说道，"一靠近前线，我就成了个十足的懦夫，什么用都没有。凯尔西完全可以应付急救工作，他做得不比我差。"

"这样的话，我就开那辆小的救护车吧。"亚乔决定道，"有了凯尔西医生，再加上一名水手，就万事大吉了。"

他们乘汽艇上了岸，救护车就停在码头上。莫里承认自己行动不便，开不了车，但是请求跟着一起进城。于是他便跟着其他人一起上了岸，然后消失了一整天。

亚乔按照之前的路线朝着尼尔波特开，却被迫在离城市五英里的地方停了下来——那里已经被德国人占领了。从菲内斯到前线，沿线全是前来增援的军队和载着军火设备的马车。救护车无法再向前挪动一步。

然而，不断地有伤员被送到后方救治。有些人伤口处绑着急救绷带，剩下的人伤势还没来得及处理。由于救护车的位置有限，凯尔西便只得选了那些最需要手术治疗和专业护理的人上车。到了中午，车就满员了。"不要管那些受了致命伤的伤员了，军医会特殊照顾他们的。"亚乔建议道，"我们就负责救那些有可能康复的伤员吧。"在亚乔的建议下，新增的九名伤员被安全及时地送到了船上，接受吉斯医生的治疗——这次任务让亚乔对自己的车技颇为自豪。

其他人去前线接伤员的时候，女孩们就在病房内来回巡视，照顾伤员，并对他们加以鼓励。这些士兵不仅伤势不同，个性也截然不同，这让她们非常感兴趣。士兵们也都很喜欢和这几个护士交谈。他们密切地关注着战场的动态。

就在上午，一直昏迷不醒的比利时士兵终于清醒过来了。听到他的呻吟声，莫德来到了他的身边，发现他的眼睛睁得大大的。他缓缓地转过身，似乎察觉到了莫德的存在。四处观察了好一阵后，他叹了口气，有气无力地笑了。

"我还活着吗？"他用法语问道。

"是的。我真高兴，"莫德答道，"你昏迷了好长时间。"

他试图动一下，结果疼得呻吟了起来。

"别乱动，"莫德警告说，"你伤得很重。"

他沉默了一会儿，盯着天花板，一言不发。莫德拿来水，送到他的唇边，他立刻喝了起来。最终，他声音虚弱地说道："我想起来了。我刚刚转过身，正准备填装子弹时，一颗子弹击中了我的后背。是子弹吧，小姐？"

"是炮弹的碎片。"

"啊，我明白了……我本打算到后方接受救治。可是伤口实在是太疼了，周围也没人注意到我。我实在撑不住，就倒下了，然后——然后我就睡着了。我还以为我就这样完了。"

她轻抚着他的额头，说道："你现在不宜说太多话。喏，医生来看你了。"

吉斯本在舱房里忙着，听到两人的声音，就走了过来。这个士兵可是他最关注的病人。他看起来二十岁左右，一副典型的比利时人长相，相当英俊，长着一双会说话的眼睛。他的身上带着身份证，因此大家已经知道他的名字了。除此之外，大家还在他的大衣内兜发现了一小包信件。信用大头针仔细地装订在一起，每封信的落款都是同一个人，很显然出自一位女性之手。信的开头写着——给安德鲁·登顿。他的身份证也证实，他叫安德鲁·登顿，是一个列兵，战争爆发前在安特卫普做保险经纪人。

吉斯医生一直在焦急地等着他恢复意识，好给他彻底地检查一番。现在他终于有机会了。登顿的伤口疼得不行，医生只得给他打了一剂吗啡。等到他终于安静地睡去，医生叫来莫德，指示道：

"好好看着他，"他说道，"别让他感觉到疼。记住，一直给他打吗啡。"

"也就是说，他没有希望了？"莫德问道。

"一点希望都没有了。他可能还会再活几天——如果我们能让他保持体力的话，最多还能再活几周。炮弹的碎片在他的后背穿了个大洞，实在没法救治。我们能做的，就是让他舒适地过完剩下的时光。如果不给他用吗啡的话，他活不过十二个小时。"

"可以让他说话吗？"

"他想说就说吧。他的肺没事，所以说话也不会有什么问题。"

然而，那天接下来的时间里，安德鲁·登顿都不想再说话。他一直安静地躺着，静静地思考。直到贝丝来接班，他才冲着贝丝笑了一下，道了声谢，接着便又陷入了沉思。

亚乔又送了一批伤员来，船上的医生和护士可又有得忙了。他们要给新伤员包扎伤口，还有两场小手术要做。一个下午很快就过去了。除此之外，旧的伤员也忽视不得。卡格船长说他可以帮忙照顾那名德国的病人，因为他可以用德语和那人交流。

那位德国人今天伤势好多了，但仍旧面色阴沉，少言寡语的。卡格船长倒也没在意。他给男人递了一支烟，男人面无表情地接受了。接着，他又把自己的烟斗点着了。两个人就沉默地坐在那里，抽着烟。德国人不想躺在吊床上，大家便给他找了张舒适的椅子。此刻他就倚着椅子，把脚搭在一个小凳子上歇着。房间的窗户敞开着，隆隆的炮声持续不断地传来。

"真是场持久战。"在沉默了一个小时后，船长用德语说道。

德国人只是深沉地看了他一眼，并没有说话。卡格船长盯着他缠着绷带的脚看了足足五分钟，然后说道："真够倒霉的。"

这回德国人点了点头，也看着自己的脚。

"在美国，"船长缓缓地吐了口烟，"义肢技术很发达的。换上之后，你可以照常走路，和真的没什么区别。"

"维也纳也有。"德国人说道。

"哦，我想是的。"然后两人又沉默了一会儿。

"你的名字？"德国人极为突兀地问道。不过卡格船长连眼睛都没眨一下。

"卡格。我是个水手，是这艘船的船长。不出海的时候，我住在桑荷阿。"

"桑荷阿？"

"南海的一个小岛。"

病人伸手拿了一支烟，点上。

"卡格，"他重复了一遍，沉思着，"德国人？"

"我的祖先应该是德国人吧，我猜。我在德国有亲戚，在慕尼黑。我小时候去探望过他们一次。我母亲姓埃尔布尔。卡格一家以前就住在埃尔布尔家旁边。不过他们已经和我失去联系了。你知道，我和他们也没什么共同点。"

德国人抽完了烟，时不时朝着船长深沉地瞧上一眼。卡格船长觉得他对自己的经历没什么兴趣，便陷入了沉默。过了很长一段时间，病人伸出手，在胸前的口袋摸索着——哪怕一个细微的动作都会牵扯到他的伤口，因此他缓慢地挪动着，动作有些笨拙。终于，他掏出了一个皮质的卡片盒，小心翼翼地从中抽出了一张卡片，递给了船长。船长带上了眼镜，读道：

"奥托·埃尔布尔，第十二骑兵团。"

"哦！"他重新审视着这个德国人，"慕尼黑的奥托·埃尔布尔？"

"是的。"

"嗯……你住在腓烈特大街121号？"

"是的。"

"我去你家拜访的时候没有看到你，你的家人说你去上大学了。你的父亲叫威廉·埃尔布尔，是我母亲的兄弟。"

德国人伸出手，握住了船长的拳头。

"我们是表兄弟。"他说道。

卡格点了点头，沉思着。

"毫无疑问。"他立刻答道，"来吧，表兄，再来支烟。"

第十一章　反抗的帕琪

当晚，卡格船长在甲板上找到了吉斯医生。

"那个德国人，埃尔布尔中尉。"他开口道。

"哦，他叫这个名字啊？"吉斯问道。

"是的。他会康复吗？"

"当然喽。对于他那样的人来说，一只脚而已，算什么？不过他怕是再也打不了仗了。"

"或许这是好事，"船长深沉地回复道，"我记得我小的时候，他的父亲是慕尼黑的市长。人们都说他家很富有。你也知道，德国人都那么节俭，我估计埃尔布尔家现在仍然很有钱。"

"有钱就好，有了钱，残疾带给他的负面影响会小很多。"医生断言道。

"在康复期间，他会遭受疼痛的折磨吗？"

"如果我帮他的话，他就不会疼。这位老兄意志力惊人地顽强，不管多疼他都能忍住。我在尤卡坦的时候，为了把仙人掌的毒刺挑出来，得把脸扯开。当时没有麻药，我的尖叫声一英里外都能听见。这位中尉脚被碾碎了，却从来也没见他吭过一声。我给他做手术的时候，他还拒绝使用麻药。不过我骗了他，我趁他没注意到时候把麻药打了进去，之后也一直都在给他用药。我可见不得他那样的勇士受苦。"

"真是谢谢你，"卡格说道，"他是我的表兄。"

第二天凌晨，帕琪正在医务室当值。突然间，那个年轻的比利时人醒了，焦躁不安，动个不停。帕琪立刻给他打了一支镇定剂，然后坐在他身旁。过了一会儿，疼痛减轻了，他便安静下来，躺在那里，眼睛睁得大大的。

"我能为你做些什么吗？"帕琪问道。

"如果你不介意的话。"安德鲁·登顿回答道。

"那么，你想我做什么？"

"我的口袋里有几封信，现在这种情况，我也没办法亲自读了，所以想请你帮我读一下——那些信会使我得到慰藉的。"

帕琪在口袋里找到了他说的信。

"先读第一封。"他急切地说道，"全都读给我听！"

她有些难为情地打开了信。信上的笔迹十分俊秀，充满温柔的女性气息。帕琪觉得自己像是在窥探一个人的隐私一样，因此心里有些不太舒服。

"这是你的心上人吗？"她温柔地问道。

"是的。我的心上人，也是我的妻子。"

"哦，我明白了。你结婚很长时间了吗？"可是他看起来还像个孩子而已。

"结婚有五个月了，但是过去两个月我一直没能见到她。"

信都是在沙勒罗瓦写的。每一封信的开头都写着："我亲爱的丈夫。"帕琪把所有的信从头到尾读了一遍，眼中满是泪水。从信中可以清楚地感受到，这位可怜的妻子对丈夫是那么的忠诚，那么热烈地盼望着丈夫平安归来。然而帕琪深知，这个可怜的丈夫活不久了，他就要为国捐躯了。信的落款处写着"伊丽莎白。"其中一封信还夹着一张小小的照片，上面是一个甜美的女孩，一双深色的眼睛炯炯有神。帕琪知道，这就是登顿的妻子，那位即将失去丈夫的可怜女人。

"她现在还住在沙勒罗瓦吗？"帕琪问道。

"我希望如此，小姐。她应该是和她母亲住在一起。德国人已经占领了沙勒罗瓦，但是你看，最后一封信上面说了，德国人对待当地的市民十分客气，所以我并不担心她。"

在这几封信加上麻醉药的作用下，他的疼痛缓解了不少，很快便睡着了。帕琪带着沉重的心情离开了他，转而去照顾其他病人。三点钟的时候，亚乔来了。他打算陪她度过接下来漫长的三个小时。尽管他对护理一窍不通，却还是可以帮帕琪给病人喂喂药，换换绷带。有了他的陪伴，帕琪的心情好了不少。

帕琪一直值班到早上六点钟。按照时间表，上午六点到下午一点是她的睡觉时间。可是她却在八点的时候起了床，走进前舱，坐在了约翰舅舅旁边。她的朋友们正在那里吃早饭。

"我睡不着，"她把手放在约翰舅舅手里，"我太担心安德鲁·登顿了。"

"亲爱的，你这样很愚蠢。"梅里克先生慈爱地拍了拍帕琪的手，"医生说了，可怜的登顿不可能康复了。我们在船上会见证一些人的不幸，这是不可避免的事。你要是对每个人的不幸都那么感同身受，那你就不算是一名合格的护士。更重要的是，这会让你一直闷闷不乐。"

"正是如此，"刚刚走进屋里的吉斯医生听到了这番话，"一个护士富有同情心是好事，但是不能牵扯到个人感情。"

"登顿才结婚五个月，"帕琪说道，"我看过他妻子的照片——是一个很可爱的女孩！她的信中满是爱和思念。她那么热切地盼望着他回来，却不知道他出了事——不知道他……他……"帕琪无法抑制地哭出了声。

"嗯……"约翰舅舅低沉地说道，"他的妻子住在哪里？"

"在沙勒罗瓦。"

"啊，那里已经被德军占领了。"

"是的，舅舅。但是你不认为德国人会同意，让她来和自己垂死的丈夫见上一面吗？"

"一个没人保护的年轻女孩？这会……会安全吗？"

"德国人，"卡格在桌子的另一端说道，"他们都是很正直的。"

"咳咳！"约翰舅舅有些尴尬。

"部分德国人是值得尊敬的，对此我毫不怀疑。"亚乔评论道，"不过根据大伙儿的评价，在战争期间，还是不要惹他们为好。"

"没错，"约翰舅舅同意道，"我想，亲爱的帕琪，还是别通知她了。"

"我，我自己，也有妻子，"莫里得意洋洋地说道，"无论她在哪，她都一点也不担心我。我呢，也不会特别担心她。女人嘛，总得学会逆来顺受——尤其是当她们没有选择的时候。"

帕琪气愤地看着他。"女人也是有很多种的。"她开口说道。

"哦，那可真是谢天谢地！"莫里叫道。

帕琪意识到和他争论是没用的，便不再说话。过了一会儿，她和约翰舅舅走上甲板，不停地恳求着她的舅舅。很多了解约翰舅舅的人都说过，这个慈祥的绅士从来不忍心拒绝帕琪的请求。他本身也意识到了这点，因此极力反对，避免屈服。

"你和我，"帕琪说道，"我们可以很顺利地通过德军的防线，不会有任何人找我们麻烦的。我们美国人本来就是中立的，而且我们有红十字会的通行证，去哪里都是安全的。"

"不可以的，亲爱的。"他说道，"之前那场仗，你们就够危险的了。哪怕现在再回想起尼尔波特的枪林弹雨，我都会吓得发抖。"

"但是我们可以走没打仗的地方啊。"

"哪里有这样的地方！"

"再说，欧洲城与城之间的距离也没多远。我们一天之内就能到达沙勒罗瓦，找到登顿夫人，第二天再带着她回来。"

"这是不可能的。"

"医生说他有可能再活上几天，也有可能只活几个小时。你根本就不知道，在谈到妻子时，他有多么的开心。如果他的妻子能来的话，对他会是很大的慰藉。"

"我懂，帕琪。但是亲爱的，你怎么就不明白呢，我们不可能为了那些可怜的战士就什么都做啊！你现在有二十个人要照顾，到了今晚可能又会再加十二人。他们中的很多人都有妻子在家等着，你总不能……"

"但并不是所有的人都要死了，舅舅——在他们婚后的五个月中，两人仅仅在一起待了三个月。如果我们能让两人见上一面，至少我们会让一个勇敢的战士得到宽慰，这个可怜的女人也会感激我们的。"

梅里克先生咳了几声。他擦了擦眼睛，然后用他那条粉色镶边的手帕擤了擤鼻涕，没作声。

帕琪离开了他，转身去找亚乔。

"听我说，"她说道，"我要在一个小时内去沙勒罗瓦。"

"一个小时内？那可是一天的路程啊，帕琪。"

"我是说我要在一个小时内出发。你要和我一起去吗？"

"约翰舅舅怎么说的？"他小心翼翼地问道。

"我才不管他怎么说，我去定了！"她坚持着，眼里闪烁着坚定的光芒。

亚乔轻柔地吹着口哨，端详着她的脸。接着，他走到甲板上去找梅里克先生。

"帕琪疯了，先生，"他说道，"她已经听不进劝了。求求你，你去说服她吧。"

"我已经试过了。"约翰舅舅虚弱地答道。

"那就再试一次。"

这个矮个子男人半是害怕，半是责备地看了他侄女一眼。

"我们去问问医生的意见吧。"他叫道。接着他便和亚乔一起去下面找医生。

令他们惊讶的是，吉斯竟然支持帕琪。

"这个登顿是个好小伙子，"他说道，"他比普通的士兵还要好上一些。何况，他的经历那么可怜。我会让他一直活着，等他妻子来的。"

约翰舅舅用哀求的眼神看着亚乔。

"我们到底该怎么穿过火线呢？"

"坐汽艇吧。"男孩说道。

"只要避开奥斯坦德的海岸，就避开了危险。"

"好主意！"医生赞成道，"怎么样？这可再容易不过了，先生。"

约翰舅舅这才稍微放心了一点。"谁来开汽艇呢？"他问道。

"我派卡格船长和一名水手跟你们一起去。"男孩说道，"卡格是个老行家了，别看他平时沉默寡言的，他懂的可多了。另外，他会讲德语，这肯定能派上用场。我们不能派太多人跟你们走，你也知道，我和莫里要忙着开救护车送伤员，帕琪也不在病房，所以你们一定要快去快回。"

"我们得用上两天吧。"约翰舅舅说道。

"两天的时间很充裕，"吉斯同意道，"我得让我们的几个护士省点体力。我已经安排了几个女孩从城里过来帮忙。她们会一直待到你们回来。那几个法国女孩没什么护理经验，不过我会亲自照看帕琪小姐负责的那几个病人的。所以，放心的去吧，这边不会有问题的。"

梅里克先生和亚乔回到了甲板上。

"所以？"帕琪问道。

"去准备吧，"约翰舅舅说道，"我们一个小时内就出发。"

"去沙勒罗瓦？"

"当然，除非你已经改变主意了。"

帕琪立即飞奔回房间，着手收拾行李。

第十二章 另一边

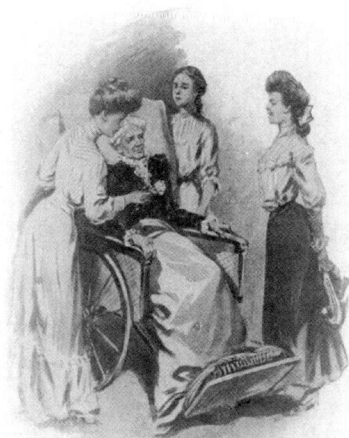

汽艇的两侧印有红十字标记，船头插着一面美国国旗，船尾则是一面红十字会会旗。船上的四个人都穿着红十字会的制服。一颗子弹从离敦刻尔克三英里的地方朝他们射来，顺着船头呼啸而过，吓得大家一直趴在船底。直到一艘英国战舰前来巡查，他们才起身。路并不好走，沿海的海床很高，船吃水很浅。尽管如此，汽艇还是以每小时十二英里的速度一路飞驰着。

"这可真棒！"在停船等着另一艘战舰检查时，约翰舅舅嘟囔道，"我们的船都打扮成这样了，他们还要检查我们，真是不可理喻。不过现在这种情况下，似乎所有的船都要接受审查。"

战舰驶了过来。

"你们要去哪？"舰上的军官粗声问道。

"去奥斯坦德。"

"去做什么？"

"去办点私事。"梅里克先生说道。

"放尊重点，先生，不然我就把你们连人带船全都逮捕了。"军官警告道。

"你不会这么做的，"梅里克先生理直气壮地说，"你会检查我们的文件，然后向我们道歉，接着再灰溜溜地回到你的船上。因为你干涉了我们的正事。我们受红十字会的托付，哪里需要我们，我们就去哪。再说了，我们是美国公民，不受你的管辖。容我再补充一句，我们在赶路。"

军官的脸色白了，然后又变成红色。尽管十分尴尬，他却很欣赏梅里克先生的据理力争。

"把你们的文件拿出来！"他命令道。

约翰舅舅拿出了文件，耐心地等待着他们的检查。最终，军官把文件还给了他们，下令手下回到军舰上。

"等一下！"约翰舅舅说道，"你还没道歉。"

那人并没有理他，军舰很快开走了。卡格船长做了个手势，水手也重新发动了汽艇。

"我真想知道为什么，"梅里克先生沉思道，"英军见到美国人总是那么刻薄。表面上看，我们不是应该很友好吗？我们两国政府还建立了友好的外交关系。但我总是觉得，英国人对美国人有着无法掩盖的厌恶之情，每一个英国人都是。我敢肯定，他们讨厌我们。不过到底是为什么呢？"

"我想你误会了吧，舅舅，"帕琪说道，"可能有些英国人讨厌我们美国人，但是我敢肯定，我们两国之间不是敌对的。他们没理由讨厌我们啊！"

"别忘了我们两国关于约克镇的那件事。"船长咕哝道。

"我不信，"帕琪说道，"他们不像这种记仇的人。"

"尽管如此，"约翰舅舅坚持道，"英国人决不像法国人那样喜欢我们，甚至还不如俄罗斯人呢。"

他们是刚过十一点出发的。从敦刻尔克到奥斯坦德的航程只有二十五英里。然而，他们在路上被拦下了好几次。在重重盘查的阻碍下，等他们抵达比利时海港时，已经下午三点了。等到了奥斯坦德的港口，他们又等了整整一个小时才上岸。

他们刚踏上码头，就撞见了一群德国士兵。卡格船长懂德语，便成了大家的发言人。带队的年轻军官脱下头盔，朝着帕琪尊敬地鞠了一躬，接着问道："你们来奥斯坦德所为何事？"

约翰舅舅一行人回答了他。接着军官又说了些什么。

"他说我们得去军政府那儿见他们的长官，"卡格翻译道，"要是我们的所有文件都合格，他们就会允许我们继续前往沙勒罗瓦。"

水手留下看着汽艇。汽艇上有吃有喝，还有张折叠床供他休息。其他人则跟着军官进了城。奥斯坦德是座防守严密的大城市，在开战以前，这里曾是北海最重要的港口，也是著名的避暑圣地。现在，这座城市被德军占领，街上满是德军士兵。市民们都尽量避免上街走动，不得已上街的人也都神色匆匆地赶路，不敢多作停留。

等到了军政府总部，他们发现总指挥官正忙着，根本无暇顾及他们。指挥官命令下属带着他们去找格劳上校检查。

"到底为什么要检查我们？"梅里克先生抗议道，"我们肩负神圣的使命，能别用这些琐事烦我们吗？"

年轻的军官诚恳地表达了歉意，但也无能为力。"格劳上校就在楼上的房间里，不会花太多时间的。"他解释道，"检查程序原本很简单。可是近来总有一些心怀不轨的间谍，伪造红十字会的标志来从事不法活动。因此，为了以防万一，我们必须对红十字会人员进行彻底的检查，还希望你们能理解。"一行人顺着宽敞的楼梯上了楼，穿过一条长长的走廊，来到了上校的房间。

格劳是奥斯坦德地区的侦察工作总指挥，负责查处协约国派来的间谍。他个子不高，身材粗壮，一双浅蓝色的眼睛，留着灰色的髭须。看得出来，他的这副样子是在刻意模仿德国皇帝。看到帕琪他们进来，格劳上校抬起头，显得十分惊讶。帕琪以为他是被他们突然造访吓到了，后来才发现，他的脸上一直带着那副怪表情。

在上校桌子旁边的椅子上坐着——或者说是靠着另一位军官。那人穿着一身金碧辉煌的制服。大家都被他闪耀的制服吸引了目光，忘了看看他长成什么样子。这是一位外表干枯的老人，尽管饱经风霜，他的身体却十分强健。他的眼睛时不时地眯着，眉头紧皱。他的左颊和额头上各有一道伤疤，看起来有些凶狠。或许这是他身经百战留下的印记吧。

两位军官本在热烈地交谈着，看到梅里克先生一行人进来，两人便立刻停止了交谈。年长的军官靠回了椅子上，斜着眼睛，静静地瞪着他们。

"哈！"上校粗暴地吼道，"什么事，冯·霍尔茨？"

年轻的军官解释说，这行人刚刚乘汽艇从敦刻尔克过来，指挥官请格劳上校帮忙，验明他们的身份。接着，由卡格船长翻译，约翰舅舅向上校阐明了情况：他们本在敦刻尔克的一艘医疗船上救治伤员。其中的一位伤员是个年轻的比利时小伙子，可能不久人世了。他们此次前来，是想找士兵的妻子，把她接回敦刻尔克，和丈夫见上最后一面。他们请求德方让他们顺利抵达沙勒罗瓦，并且准许他们带走登顿夫人。接着，他出示了各种文书，包括美国红十字会的授权书，美国国务卿的亲笔信以及德国驻华盛顿大使的推荐信。

上校仔细打量了他们一番。接着，他一边用指尖轻敲着桌子，一边读着信，口中不时发出惊呼声，脸上带着惊讶的表情。最后，他问道："哪位是梅里克先生？"

听到他叫自己的名字，约翰舅舅欠了欠身。

"哈！可是信上的描述可不像你。"

卡格船长翻译给约翰舅舅听。

"怎么可能？"约翰舅舅问道。

"信上说你身材矮胖，蓝眼睛，秃头，四十五岁。"

"没错。"

"但是你并不矮。我想你大概和我一样高。你的眼睛也不是蓝色的，是橄榄绿。你也并不是秃头，耳朵边还有头发呢。哈！你怎么解释这一切？"

"一派胡言。"约翰舅舅鄙夷地说道。

为了避免引起麻烦，卡格小心翼翼地翻译了约翰舅舅的这句话。他用德语向上校保证，所有描述都绝对属实。然而格劳上校却并不满意，他又翻阅了一遍文件，然后转向另一位长官。

"你觉得呢，将军？"他犹豫地问道。

"很可疑！"那人答道。

"我也这样觉得，"上校说道，"你看：有个人说他来自桑荷阿，一个根本没人听说过的地方，还有个人拿着美国最高长官的亲笔信。哈！这意味着什么？"

"这些文件可能是伪造的，或者是从别人那偷的。"一直斜着眼的将军说道，"他们说要来这接一个比利时伤员的妻子，这个借口真是荒唐至极。如果他们真的是红十字会的工作者，那他们可真是不务正业。"

船长把他们的话翻译成英文。帕琪听后，生气的说道："这个将军真是个蠢老头。"

"简直就是白痴！"约翰舅舅补充道，"真希望我能亲口告诉他。"

"你已经亲口告诉他了。"将军的英语很不错,他斜着眼,看着他们,说道,"你的言谈举止更加证实了我的猜测,你们绝对是冒名顶替的。我可没见过哪个国家的哪位红十字会的护士,会冲着一位尊敬的长官叫蠢老头。"

"我又不知道你会英语。"她辩解道。

"这可不是借口!"

"不过——我倒是信了,"帕琪补充道,"我的判断是正确的,你就是个蠢老头。哪怕有一点智商的人,也不会怀疑这些信件的真实性。"

"这些文件当然没有问题。问题是,你们从哪搞来的?"

"从能搞到它的地方。"

将军转过身,和格劳上校用德语快速地交谈着。刚刚的对话格劳上校一句也没听懂,弄得他有点烦躁。听了将军的话,他的脸色更加惊讶了,转身对梅里克舅舅他们说道:"你们最好承认你们是冒牌的,这样对你们的惩罚会轻一点。如果你们拒不承认,被我们调查出你们是间谍的话,我可就救不了你们了。"

"听我说,"听了船长的翻译后,约翰舅舅说道,"如果你们胆敢干涉我们,或者把我们惹恼了,我们就在军事法庭上见。我知道,你们要服从上级的命令。你们的上级可不敢包庇你们这群侮辱红十字会的人,更别说你们还侮辱了美国公民。你们最好识相点,按照我说的做,承认这些文件是真的。不然,要是把这件事闹到你们皇帝那去,你们可就都得吃不了兜着走了。"

他一边说，一边挑衅地瞪着那位年长的军官。年长的军官平静地把他的话翻译给上校听。"他翻译得一字不差。"卡格向约翰舅舅汇报说。接着，将军坐回了座位，斜眼看着他的同伴。很显然，上校被这番威胁弄得有些迟疑了。帕琪注意到年轻的军官嘴角带着一丝笑意，但是并没有做声。

上校再一次拿起文件，仔细查看了一番，尤其是德国大使用德语写的那份文件。"我实在是想不通，"他喃喃自语道，"一个无足轻重的美国人，怎么会有这么多大人物给他签署文件。我任职这么多年，还从未见过这种事。"

"实在是奇怪。"将军说道。

"梅里克先生，"帕琪对两位军官说道，"在美国是个很重要的人物。想知道他重要到什么程度吗？如果有人胆敢对他表现出一丁点的不尊重，那个人就会受千夫所指。"

"我会进一步调查此事的。"在和将军轻声讨论过后，格劳上校决定道，"近来间谍们聪明得很，我们可不能大意。不过，我向你保证，我们不会刻意为难你们的。在你们的身份得到证实之前，我们不会把你们怎么样的。"

"你的意思是说我们被囚禁了？"约翰舅舅极力克制着愤怒的情绪。

"严格来说不是。毫无疑问，你们将被拘留，但你们不是囚犯——至少目前不是。你们的文件先放在我这，我会把它交给总参谋部的。一切由他们决定。"

一行人被惹怒了。约翰舅舅愤怒地表达着抗议；帕琪对老将军说，他们的行为会被整个文明社会谴责的；卡格船长则严肃地向两位长官保证，他们犯了一个严重的错误。然而，无论他们怎么说，这两个顽固的德国人都无动于衷。将军冷酷地笑了笑，用英语对他们说，无论发生了什么，都跟他没关系，这是格劳上校的差事。不过他相信，格劳上校做了个明智的决定。

冯·霍尔茨，那个年轻的德国军官，在整个交涉中一直像雕塑一样站着。应长官的命令，他要陪着几个美国人去宾馆。"他们想干吗就干吗吧，但是必须派人看着他们。另外，别让他们邮寄信件。发送电报也不行。"上校吩咐道。

"谁来看着他们呢？"年轻的军官问道。

"不如你自己来吧，中尉？我想你是被临时派遣的吧？"

"我是在港口那片的，上校。"

"港口那里的军官太多了，全都闲着不干正事，不差你一个。你就去看着这几个美国人吧。我想，你会讲英语吧？"

年轻军官欠了欠身，算作回答。

"很好。那就由你负责他们的安全。"

约翰舅舅一行人被打发走了。他们被强迫跟在年轻军官的身后，走出了房间。

帕琪已经出离愤怒了，约翰舅舅也气得无话可说。连卡格船长都明显地不耐烦了。

"别介意，"年轻的中尉安慰道，"只是暂时不方便而已，你们很快就会被释放的。既然是我负责看着你们，我会好好照顾你们的，希望你们能尽量开心一点。奥斯坦德是一座生机勃勃的城市，我会给你们安排一家上好的宾馆。"

第十三章　迟来的公正

冯·霍尔茨中尉彬彬有礼，让人无可挑剔。他去了一家宾馆，发现那里人满为患，便强迫那儿的老板赶走其他的客人，把一间舒适的套房留给了梅里克先生一行人。此外，冯·霍尔茨中尉还订了美味的晚餐，送到了他们的客厅里。帕琪邀请他一起享用晚餐，他很开心地同意了。

"迫于现在的情况，你和我们是一伙的。"帕琪说道，"我们觉得你是个善良有礼的年轻人，我们遇上这样的麻烦也怪不得你。因此，我们会和你友好相处的。"

显然，年轻人很开心。"尽管你们很不走运，"他说道，"我却不得不承认，这对我来说实在太幸运了。你们能想象吗，我每天都得在臭味熏天的码头巡逻，留意间谍，还得忍受各种糟糕的天气。对我来说，突然间被安排了这么一件惬意的差事，是一种多么大的解脱啊！"

"可是，"约翰舅舅郁闷地说道，"我们居然被怀疑是间谍！"

"对于我来说，"冯·霍尔茨答道，"我无权批评上级的决定。不过，如果是我来做决定的话，你们现在肯定是自由的。格劳上校向来以高效著称，很少犯错，不过我想他的判断多少也受到了将军的影响。将军对美国人没什么好印象，他的儿子曾经被一个美国女孩抛弃了。"

"我们绝对会找他们两个算账的，一个也不放过。"帕琪狠狠地说道，"不过尽管放心，我们不会报复你的，我保证。"

"你们也听到了，上级给我的命令是很灵活的，"中尉说道，"他们只是让我看着你们，把你们留在奥斯坦德，直到上面同意了才放你们走。你们不如好好地在城里玩上一番，有什么需要我帮忙的尽管说。"

"我担心的是，"帕琪对约翰舅舅说道，"我们的时间被耽误了。如果我们要在这里待很长时间，可怜的登顿恐怕就等不到他的妻子了。"

"我们大概要被关押多久？"约翰舅舅问道。

"这可说不准。或许总参谋部明天早上就会会面商讨此事，也有可能要等上几天。"中尉不太确定。

帕琪忍住了即将夺眶而出的泪水。她一心想要帮助登顿夫妇团聚，却没想到遇到了这样的事，因此心中满是失望。

冯·霍尔茨察觉到了女孩低落的情绪，变得心事重重。自离开上校的办公室后，卡格船长就一直闷闷不乐的，一言不发。约翰舅舅也生着闷气，思考着要怎么做，才能让愚蠢的德国人改变主意。这时，中尉说道："还记得和你们一起来的，留在汽艇上的那个水手吗？他看起来是个聪明的家伙。"

帕琪吃了一惊；约翰舅舅期待地看着这个年轻人；卡格船长则点点头，缓缓地说道：

"亨德森是我从桑荷阿挑来的人。他不仅聪明，而且忠诚。"

"真是奇怪，"冯·霍尔茨说道，"我忘记逮捕他了，我甚至都忘了通知他一声。所以，他现在是自由的。"

"啊！"帕琪惊呼道，双眼闪闪发亮。

"我认识一个这儿的市民——一个年轻聪明的比利时人——他是我的朋友，我想，无论我让他做什么，他都会同意的。"冯·霍尔茨沉思道，"我们军队进城的时候，我救了他的母亲，他为此心怀感激。"

帕琪的头脑飞速地旋转着。

"你认为亨德森可以去沙勒罗瓦吗？"她问道，"他有护照。"

"护照倒是没什么用，"军官说道，"不过红十字会的任命书……"

"哦，他有的。我们所有人都带着任命书。"

"这样的话，我让我的朋友龙德尔带他去。我相信亨德森会帮你们完成使命的。"

"那立刻让他去吧！"约翰舅舅叫道。

卡格船长在一张卡片上草草写了点什么。

"除非是被德军强迫，否则没有我的命令，亨德尔是不会离开汽艇的。"船长把卡片递给了冯·霍尔茨。

年轻的中尉脱下帽子，深深地鞠了一躬，然后离开了房间。十分钟后，他回来了，说道："事情比我想的要不顺利。我们所有的部队都在撤离，往伊普尔那去。马上又要打仗了，所以——我得留在这。"他心灰意冷地说道。

"你还会有机会的，我肯定。"帕琪说道，"那个讨厌的格劳上校呢，他也会一起去吧？"

"不，他会留在这。不过所有驻扎在这的军队都在撤离，明天会有新的大队进军奥斯坦德。"

他们沉默了一会儿，直到有人敲门，才打破了沉默。冯·霍尔茨把门打开，门外站着一个身材颀长，年轻英俊的比利时小伙子。他紧紧地握住中尉的手，用法语热情地说道：

"你派人找我？"

"是的。你可以说英文，龙德尔先生。"他把龙德尔介绍给了这几个美国人。第一眼见到龙德尔，约翰舅舅一行人就喜欢上他了。

几分钟后，亨德森来了。他恭敬地听完了道尔小姐的整个计划：他和龙德尔先生一起去沙勒罗瓦，在那里找到登顿夫人，告诉她她的丈夫得了重病，然后带她回奥斯坦德。回来后立刻通知帕琪他们，他们会告诉他接下来该怎么做。

亨德森毫无异议地接受了任务。沙勒罗瓦位于比利时中部，但是距离奥斯坦德并不是很远。"我们不会遇到任何问题的。"龙德尔保证道，"我们不能搭火车，火车都给军队留着呢。不过我有车，还有德军颁发的驾驶许可证，路况也不错，因此不会有任何问题的。"

"好了，记住，"帕琪说道，"你们要找的是阿尔贝·登顿夫人。她和她的母亲住在一起，也可能已经分开住了，至少根据我们上次听到的消息，她们两人还住在一起。"

"她母亲的姓名和住址呢？"亨德森问道。

"我们也不知道，"帕琪坦白道，"不过沙勒罗瓦也不大，我相信你们很容易就能找到她。"

"我对那个地方了如指掌，"龙德尔说道，"我有朋友住在那，有什么问题向他打听就好了。"

约翰舅舅给了他们一大笔盘缠，然后强调了事情的紧迫性，便派他们走了。"夜路挺好走的，"龙德尔说，"我们保证会在一小时内出发，这样明天一早就能到沙勒罗瓦了。"

尽管把任务转交给别人来完成，约翰舅舅一行人却仍然烦得要命。第二天，在冯·霍尔茨中尉的陪伴下，他们被准许在城内到处转转。然而，城里满是正在撤离的和准备进驻的军队，挤得他们没了兴致。此外，他们还担心总参谋部会派人找他们，因此也不敢走得太远。

然而，格劳上校那边一整天都没有消息。帕琪头痛得要命，便上床睡觉了，留下约翰舅舅和卡格船长在客厅。二人都意识到了情况的严重性，却束手无策，只能一根接一根地抽着烟。美国驻布鲁塞尔大使当下不在，他们也想不出什么别的办法脱身。梅里克先生想要发封电报或是写封信，结果都被拒绝了。在一次出门闲逛时，他们恰巧碰见了一家美国报社的记者。可是那个记者一听到他们是嫌犯，就飞也似的逃走了。那人不认识梅里克先生。在他看来，实在不值得为了一群不认识的人去找格劳上校争论。

"我觉得，"约翰舅舅说道，"我们面临着一个极其困难的情况，这几个德国人根本就不相信我们手中的文件。我从来都没想过，我们的身份竟然会遭到质疑。"

"我们得承认，先生，"船长沉思道，"这次大战中，间谍体制飞速发展。到处都是间谍，而且都是些聪明狡猾的家伙，总是采用各种手段来掩盖身份。所以我不怪格劳上校判断失误，他也是出于谨慎才做的决定。"

"他就是个蠢货！"梅里克先生气恼地叫道。

"他确实是个蠢货。我倒是很惊讶，德国人竟然把这么大的权利交给了一个这么蠢的人。"

"他侮辱了我们，"约翰舅舅继续说道，"他居然敢逮捕美国人！我们可是生来自由的！"

"是几个不请自来的美国人。您得承认，我们在战乱中闯入了一个刚刚被占领的国家。"

"好吧——倒也是。"这个矮个子的百万富翁说道，"那我们该怎么办？"

"只能等。"船长建议道。

第二天，天色转阴，下起雨来。糟糕的天气严重地影响了几个人的心情。外面过于潮湿，无法出门，他们只得窝在宾馆的房间里。亨德森和龙德尔那边还没有消息，这让他们更加烦躁了。要知道，现在已经远远超出他们约定的时间了。帕琪已经无法控制自己的情绪了。约翰舅舅皱着眉头，双手插兜，步伐沉重地走来走去。卡格船长则不停地抽着烟，一言不发。冯·霍尔茨察觉到大家的情绪烦躁，也不敢多言，只是远远地躲在角落里看书。

临近傍晚时，楼梯口传来一片骚动，响起一阵沉重的脚步声。紧接着，大家听到一阵急促的敲门声。约翰舅舅起身打开门，一群德国军官昂首挺胸地走了进来，他们的武器乒乓作响，身上的斗篷还挂着晶莹的雨珠。看到在场有一位年轻的小姐后，他们不约而同地脱下了帽子和头盔，深深地鞠了一躬。

带头的人身材修长，鹰钩鼻，一双灰色的眼睛，目光极其锐利。他的胸前戴满了勋章，闪闪发亮。这位便是军队最高指挥官——冯·卡根布拉特。

"抱歉打扰了，"他用英语说道，声音粗哑刺耳，"请问哪位是约翰·梅里克先生？"

"正是在下。"

指挥官那双锐利的眼睛迅速地将约翰舅舅上下打量了一番。

"请允许我们向您道歉，"指挥官的口吻十分凶狠，就好像他不是来道歉，而是要处死他们一样，"我最近一直很忙，今天才有空处理各位的事。我知道我们错怪了各位，多有得罪，还望见谅。希望各位能理解，毕竟现在是特殊时期，我们出于谨慎，难免犯错。"

"知道你们的一个失误给我们带来了多大的麻烦吗？"梅里克先生冷冷地说道。

指挥官转过身去，叫道："格劳上校！把文件和证明书还给梅里克先生。"格劳从人群后方走上前，脸上仍是那副惊讶的表情。

上校从口袋里拿出了文件，递给了约翰舅舅。接着，他迟疑地看着正对他怒目而视的长官。

"他不会讲英文，"长官对梅里克先生说道，"不过他会弥补你们的。"

"不管怎么说，格劳真是愚蠢得让人懊恼。"梅里克先生粗暴地说道，"我们来是有要事要办，我们按照要求出示了文件——而且是合法的文件。我们有权受到公平对待。作为投身于人道主义救援工作的美国公民，我们本应受到尊敬。然而，这个人——"约翰舅舅伸手指向格劳上校，"他居然要拘留——不，是逮捕我们！还扣押了我们的文件。"

指挥官冷冰冰地听他讲完，微微颔首，表示歉意。

"格劳上校，"他说道，"已经被免除在这的职务，即将调往别的地方。我亲自向您道歉。我在您的文件上签了字，还给您加了一张安全通行证，这样您想去哪都行。如果您还不满意的话，有什么要求尽管说，我会认真考虑的。"

"不用了，目前我能想到的也就这些了，阁下。"梅里克先生答道，"我想向您道谢，感谢您的公正。"

"不，不用谢我，这是您应得的。晚安，梅里克先生。"

他转过身，其他的军官像自动机器一样，跟着他齐刷刷地转过身，面向门站着。梅里克先生拉住了指挥官的胳膊，说道："请稍等，阁下。这位年轻的军官，冯·霍尔茨中尉，对我们十分谦逊友好。我想让您知道，不管怎么样，至少在您的手下中，还有一位值得我们感谢——也值得你们的感谢的人。"

指挥官瞪眼看着冯·霍尔茨中尉。中尉垂下眼睑，像雕塑一样站着

"中尉，梅里克先生在这的这段时间里，我任命你做向导，你要确保他们一行人的安全。等他离开后，你亲自过来向我汇报。"

年轻的军官欠了欠身。指挥官转身离开了，他的随从跟在他身后。格劳上校最后一个离开了房间，一副垂头丧气的样子。帕琪砰的一声关上了门，想要把这个笨蛋上校撞飞。

"所以，我们现在自由了？"她转身面向冯·霍尔茨上校，问道。

"不仅如此，小姐，"他说道，"现在，只要是德国人管辖的领土，您想去哪就去哪。"

"他们终于恢复理智了。"约翰舅舅又回到了往日兴高采烈的模样。

"还有，最开心的是，"帕琪欢欣雀跃地说道，"他们把那个讨厌的上校开除了！"

卡格船长心事重重地把烟斗装好，然后点燃。

"我想知道，"他说道，"是谁把他开除的。是参谋部

吗，中尉？"

冯·霍尔茨摇了摇头。

"我觉得是总指挥官，"他答道，"他是一个正直的人。要是当初是他接待的你们，就不会有这些麻烦事了。"

"或许吧，"帕琪心事重重地说道，"不过你们的总指挥官看起来就像熊一样鲁莽。"

"我想，他就是那样的表达方式。"约翰舅舅肯定地说道，"只要一个人的所作所为没有任何问题，我就不会在意他的语气。不过他……"

又是一阵敲门声，打断了约翰舅舅的话。帕琪打开门，发现是亨德森。他向船长敬了个礼，对其他人鞠了一躬，然后说道："我们找到她了，先生。"

"登顿夫人吗？"帕琪开心地叫道。

亨德森点了点头。

"是的，道尔小姐。登顿夫人和她的孩子们。"

"孩子们！怎么会，她不应该有孩子啊。"

"不会吧，小姐。有两个孩子呢。"

"两个孩子！"她沮丧地叫道，"肯定是哪弄错了。这对年轻人才结婚五个月啊。"

亨德森僵直地站着，没有和她争论。

"可能是个保姆吧。"船长猜测到。

"更有可能的是，"约翰舅舅说道，"登顿夫人嫁给他前是个寡妇，带着——呃——带着两个累赘。"

"就是这个词，先生。"亨德森急切地说道。

"什么词？"

"累赘，先生。这个词再准确不过了。"

帕琪的心沉了下去，她失望极了。

"可她那么年轻漂亮！"她喃喃道。

亨德森忍不住笑了，但是很快便掩去了笑意。

"要让他们来见你吗，小姐？"他问道。

"当然，"趁着帕琪犹豫的空档，约翰舅舅答道，"你早就该把她带来了。那个比利时人——龙德尔呢？"

"他在看着那个女人呢，先生。"

"看着她？"

"她有点难对付，先生。她看起来很想离开沙勒罗瓦，不过她很狡猾，我们要把她安全地带到你这，所以不得不看着她。"

"立刻把她带过来，亨德森，"帕琪叫道，"把那两个孩子也带过来。"

楼道里传来了一阵推推搡搡的声音。大家打开门，等待客人的到来。

亨德森先把一个女人推了进来。她身形肥胖，穿着一件褪了色的蓝条长袍，腰间系了条腰带，整个人看起来就像一个中间被绑住的麻袋。她的头发稀少，面色阴沉，容貌并不整洁，甚至可以说有些"油腻"。每走一步，她都在极力地挣扎，用那双精明的眼睛愤怒地瞪着周围的人。

跟着她进来的是龙德尔先生，他还领着一男一女两个孩子。那个女孩简直就是这个女人的缩小版。那个男孩想要咬龙德尔的手，眼中充满敌意，结果被龙德尔制止了。

"好吧，"龙德尔先是叹了口气，然后转身对中尉笑道："我们完成了任务，结果老天又派来了一个新任务！"

帕琪难以置信地盯着这个女人。

"这不可能是登顿夫人。"她困惑地说道。

"是吗？"龙德尔用英语说道，"她说那是她的名字。你可以用法语或者佛兰德语审问她，道尔小姐。"

帕琪用法语向那个女人提问，却没有得到任何回答。那个女人不动声色地站在那里，一言不发。

"你们怎么会搞错呢？"帕琪责备地看了亨德森和龙德尔一眼。显然，二人也感到很惊讶，"我看过安德鲁·登顿夫人的近照，她很年轻，很漂亮，而且——而且很苗条。"

龙德尔先生清了清喉咙，说道："是这样的，小姐，我们在沙勒罗瓦找了一整天，也没能找到登顿夫人。我的那个朋友——就是我想找来帮忙的那个朋友——搬走了，也有可能是去参军了。总之，他没在城里。城里的人看到亨德森先生是外国人，都心怀戒备，我们打探不来消息，只得向市长求助。市长说他会帮忙找的。结果第二天一早，这个女人就来了，说自己就是我们要找的人。如果我们答应把她安然无恙地带到敦刻尔克，她就会跟我们走。几周来她一直想去敦刻尔克，可是德军不让她出境。她说自己的丈夫在敦刻尔克，她想去找他。我们便没怀疑，把她带来见你们了。"

帕琪面色严峻地看着这个女人，用法语问道："你为什么想去敦刻尔克？"

"他不是说了吗，我要去找我的丈夫。"女人粗暴的答道。

"你叫什么名字？"

女人没有回答。

"回答我！"

女人固执地看着她，保持着沉默。

"很好。龙德尔先生，把孩子放了吧。女士，你骗了我们。你想搭我们的船去奥斯坦德。我们不会上当的，你走吧，带着你的孩子一起走。"

帕琪指着门，手激动得直颤抖。然而，那个女人却仍站在那里，无动于衷。她的儿子一直在用脚踢亨德森。女人走过去拦住她的儿子，然后把手支在臀部，挑衅地说道：

"他们答应了要带我去敦刻尔克，就必须带我去。"

"谁答应你了？"

"他们两个，"她指着亨德森和龙德尔，"还有市长。"

"是的，"亨德森承认到，"我们和市长说好了，要把她带出比利时。我们还签了协议。"

"但是她是比利时人啊。而且她还伪装了身份。"

龙德尔和亨德森都无言以对。

"听我说，"约翰舅舅说道，"我可以马上解决这个问题。这有些钱。把钱给她，然后让她出去——不然我们就把她赶走。"

女人一把抓过钱，装进本来就鼓鼓的口袋，然后说道："除了敦刻尔克，我哪都不去。除非你们带我去那儿，不然我是不会走的。"

就在此时，冯·霍尔茨中尉站了出来。他站在她面前，盯着她。她之前没注意到他在屋里。看到他身上的制服，她恐惧地往后缩了一下。两个孩子立刻吓得嚎啕大哭。

"我认识你，"冯·霍尔茨严肃地说道，"你是那个间谍的妻子。那个间谍背叛了比利时，又背叛了德国，已经被双方都判了死刑。你上次来奥斯坦德闹，就惹恼了我们，被逐出了这里。上面对你的诉讼还没撤销呢。你是想安全地离开这间屋子，还是想让我立即逮捕你？"

"卑鄙的德国佬！"她啐了一声，"总有一天我们把你们赶出比利时的，正如你们现在赶我走一样。你们可真是勇敢啊，只会欺负女人和孩子！我会亲手杀了你！就在你现在站着的地方！"她朝着地板狠狠地吐了口唾沫，然后抓过正在大哭的两个孩子，摇摇晃晃地走出了房间。

大家都松了一口气。

"你可以回到汽艇上了，亨德森。"船长说道。

"龙德尔先生，"约翰舅舅握着这个比利时小伙子的手，说道，"感谢您的好意。尽管你们没找对人，但也不能怪你们，还是要感谢您。总指挥官已经宣判我们无罪了，我们现在想去哪都可以，所以明天我们会亲自去沙勒罗瓦找登顿夫人。"

"我的车借给你们吧，先生，我也听你们的吩咐。"

"明天？哦，还是今晚就去吧，舅舅！"帕琪叫道。

梅里克先生带着询问的眼光看着这个比利时人。

"我随时都可以出发。"龙德尔欠了欠身，说道。

"那么，"帕琪说道，"我们半个小时内出发。要知道，我们已经浪费了两天了——那么珍贵的两天！希望吉斯医生能遵守诺言，希望我们回去时可怜的登顿还活着。"

第十四章　终于找到了

　　沙勒罗瓦这座漂亮的城市，并未遭到战争的破坏。然而，城里的很多人还是搬走了。留下的人大多躲在家里不出门，即使是出门，也是成群结队的。城里的日常事务仍由原来的市长掌管，不过要受到德军的军事管制。

　　第二天一大早，在约翰舅舅、卡格船长、冯·霍尔茨中尉和龙德尔先生的陪伴下，帕琪·道尔到达了沙勒罗瓦。街上行人稀少。皇家宾馆热情地接待了他们。宾馆老板和他的女儿们为大家准备了一顿丰盛的早餐。

　　帕琪一边吃着早饭，一边和几个比利时女孩聊着天。她们都穿着整洁，谦逊有礼，而且十分聪明。在聊天中，帕琪发现亨德森和龙德尔之前并没有下榻这家宾馆，而是去了城市尽头的另一家小宾馆。那几个比利时女孩记得他们来打听过登顿夫人的下落，但是记不清自己是怎么回答的了。

　　"我们自出生起就住在这儿，"宾馆老板的大女儿说道，"我们还从没听说过登顿一家。"

　　帕琪想了一下。"登顿夫妇，他们五个月前才结婚，"她说道，"那个年轻人可能是从别的城市过来的。你们记不记得大约五个月前，城里哪家的年轻姑娘结了婚？"

　　"是的，希尔加德·本特尔结了婚，但是她嫁的是安东尼·麦迪逊，并不是个士兵。你记得那个女孩叫什么名字吗？

　　"哦，是的！"帕琪叫道，"她签名写的是'伊丽莎白'。"

　　她们摇了摇头。

"我也叫伊丽莎白，"其中一个女孩说道，"沙勒罗瓦住着很多伊丽莎白，但是好像没有哪个最近结了婚。"

"她的丈夫还说她现在和她的母亲住在一起。"

"啊，让我想想，"另一个女孩答道，"她会不会是个贵族家的女儿？"

"我——我不清楚。"

"她的丈夫是个军官吗？"

"不，只是个列兵。"

"那是我们想错了。"女孩大笑道，"我本以为是福格特伯爵夫人家的女儿呢，她好像也叫伊丽莎白。她以前在安特卫普的一家修道院上学，伯爵夫人为了离她近些，搬到那住了几年。有传言说那个小姐刚离开家，就在安特卫普结婚了。不过我们对福格特一家的事不太了解，她们不怎么和外人交流。大约两三个月前，她们回到了城堡，过着隐居生活。那儿距沙勒罗瓦大概有四英里吧，老管家每天都会开车进城，去邮局办事。不过自从她们回来，我们就没见过伯爵夫人和她的女儿。

约翰舅舅不懂法语，帕琪便把这则消息转述给了约翰舅舅。

"我们赶紧去福格特城堡吧。"她说道。

"亲爱的，这不合常理啊，"约翰舅舅反对道，"你觉得一个出身高贵的小姐会下嫁给一个普通的士兵吗？换作在美国，没有什么等级制度，这种事还有可能发生，但是在这……"

"五个月前他还不是士兵，"帕琪说道，"他是响应国家的需要，自愿参军的，很多富有的比利时贵族都是这样的。从我们了解的情况来看，他很有可能出身贵族。无论如何，我都要去这座城堡一探究竟。让龙德尔把车开过来。"

有冯·霍尔茨在，他们顺利地过了侍卫这一关，没有遇到任何阻拦。只用了半个小时，他们就抵达了福格特城堡所在的乡村。这里美丽静谧，一点也没受到战争的破坏。

很快，他们就到了福格特城堡。接待他们的是一个年迈的仆人，很显然，这行人的造访让他十分紧张。他扫了一眼冯·霍尔茨上校的制服，脸上带着掩饰不住的恐惧，连忙跑去把他们的名片送给伯爵夫人。等了很久后，他们被告知伯爵夫人同意会见他们。然而，又等了整整半个小时，他们才被领进接待室，看到一个女人独自坐在那里。

屋子里的家具陈设古典高雅，天花板上雕刻的花纹十分精美。要是在平时，帕琪肯定会花上一整天的时间来细细欣赏，然而在现在的情况下，她激动得顾不上这些，只是看着伯爵夫人。伯爵夫人的衣着并不是很奢华，但是言谈举止却十分高贵。她十分客气，甚至可以说是冷淡地和客人们打了招呼。帕琪刚刚鼓起勇气，想要向她说明造访的原因，就见到一位年轻的女士——看起来就是个女孩——匆匆地进了房间，坐在伯爵夫人身旁。

"哦，是伊丽莎白——真的是伊丽莎白！"帕琪叫道，开心地拍着手。

母女二人奇怪地看着她，神情有些倨傲。可是这丝毫没有影响帕琪的情绪。

"你难道不是登顿夫人吗？"她上前抓住了女孩的胳膊，问道。

"我是。"那人平静地回答道。

帕琪用那双大大的眼睛看了她一会儿，神色悲凉，充满同情，吓得登顿夫人往后退了一步。接着她才发现帕琪穿着红十字会的制服，她立即明白过来了，把手放在胸口，支支吾吾地问道："你——你是来通知我——安德鲁——我的丈夫——发生了什么不测吗？"

"是的，我很抱歉，不过确实是坏消息。"帕琪严肃地说道，"他受伤了，正在我们的医疗船上静养。我们的船停在敦刻尔克。我们是来找你的，想要接你去看他。"

登顿夫人转向她的母亲，眼中带着热烈的企盼。过了好一会儿，伯爵夫人严肃的脸才柔和起来。她转身对帕琪说："我们立刻就准备出发。请原谅，我们不会让你们等太久的。尼克拉斯会为你们端些茶点来的。"

二人正准备起身离开房间时，伊丽莎白·登顿突然抓住了帕琪的手。

"他会活下去吧？"她低声说道，"告诉我，他会活下去的！"

帕琪的心沉了下去。但是她努力地克制住情绪，想到了一个巧妙的答案。

"我也不是医生啊，亲爱的，我并不清楚他的伤势有多严重。"她答道，"不过我向你保证，见到你他会很高兴的。他无时无刻不在想着你，念着你。"

这位年轻的妻子端详着帕琪的脸。过了一会儿，她松开了帕琪的手，跟着母亲匆匆离开了。

"我撒谎了，舅舅，"帕琪沮丧地说道，"我故意撒的谎。看到她的眼神，我怎么忍心说出实情呢？"

第十五章　连吉斯医生也惊讶了

亨德森把汽艇停在奥斯坦德的码头上，等着他们。帕琪和约翰舅舅诚恳地向冯·霍尔茨中尉表达了谢意，作为回报，他们答应，等战争结束后，会去德国找他。身着黑衣的伯爵夫人和她的女儿登顿夫人坐在船尾舒适的座位上，神情悲伤。船长正要下令开船，突然间，那个肥胖的比利时女人带着两个孩子冲了过来。

两个小家伙毫不犹豫，纵身一跃上了船。女人本想跟着他们两个上船，但是被卡格船长拉住了。

"这是什么意思？"梅里克先生生气地大叫道。

女人用法语叽叽喳喳地说了些什么。

"她说，"帕琪翻译道，"我们答应了她要带她去敦刻尔克，她在那可能会找到她丈夫。"

"让她离开！"约翰舅舅说道。

"德国人不让她出境。不然就让他们上来吧，舅舅，这对我们也没什么影响呀。船上的地方够大，等三个小时后上了岸，我们就能摆脱他们了。这个可怜的女人急着找她的丈夫，有人在敦刻尔克见过她丈夫。"

"可是听中尉说，她的丈夫是个间谍，而且把两边都背叛了。"

"这不关我们的事啊，对吧？而且我想，哪怕是这样的人，心中也有爱和感情的。"

"好吧，让她上船吧，船长，"约翰舅舅决定道，"我们不能把时间浪费在无谓的争论上。"

大家把她藏在了船头，由亨德森负责看管，然后警告两个孩子不许乱跑。接着汽艇加速，离开了码头，朝着敦刻尔克的方向开去。

仅仅三天，阿拉贝拉上却发生了很大的变化。原来的那批伤员中，只剩下埃尔布尔中尉和安德鲁·登顿还在船上了。其他人要么被送回家，要么被转移到了政府医院。伤势较轻的几个甚至重新回到了前线作战。船上的位置有限，每天都有新的伤员被送过来。莫里的伤好了，便又开起了救护车。亚乔陪在他身边，凯尔西医生和一名水手一起当他们的助手。莫里直接把车开到伊普尔的战场，有时也会开到迪克斯莫德或者菲内斯。每次回来，车上都载满了伤员。

这段时间正值佛兰德战争最激烈的时期。不过，战争越激烈，持续的时间往往越短，因此，双方偶尔会休战。每到这时，疲劳过度的医生和护士们才有机会睡上一小觉，松一口气。

吉斯留在船上，日夜忙着照看伤员。莫德和贝丝在身边帮助他。吉斯医生从众多申请者中挑了两名助理护士，她们是两个出身高贵又十分聪明的法国女孩。两个人没什么护理经验，却有高涨的爱国热情。她们也穿着红十字会会服。由于现在船上伤员众多，吉斯医生便决定让她们留在这里继续帮忙。

每个人的工作都很繁重。要不是吉斯医生制订了一个轮班表，并要求大家严格遵守，估计贝丝和莫德早就累倒了。

你或许认为医疗船上一定是死气沉沉的，事实上并非如此。船上的病人都没把自己的伤当回事，只是觉得"有点倒霉"而已，大部分的人都只是轻伤。因此，经常能够看到他们成群结队地聚集在甲板上，有说有笑，有时还会打打纸牌，抽抽烟。他们大都心地善良，心怀感激。他们很开心战场上的不幸却让他们相聚在这艘船上，成为了朋友。

在医生的悉心照料下，一些伤员今天重返战场了。对于这些勇士来说，两周后重新回到前线并不是什么稀奇的事。救护车又拉来了几个德国伤员。这些人康复后便是战俘了。尽管他们意志消沉，不善言谈，大家还是彬彬有礼地为他们进行了治疗。对于美国人来说，每个国家都一样值得尊敬。然而，大部分的伤员还是来自协约国——法国、英国、比利时——对于这些人来说，受伤是一种荣耀。无论是头上缠着绑带，胳膊吊着，腿上夹着夹板，还是身上有枪伤，他们都笑得很开心。

吉斯医生现在可谓是如鱼得水，他有充分的机会展现自己高超的医术。他丑陋的外表有时会吓到病人，不过他们也没有别的医生可以选择。他最主要的注意力还是在安德鲁·登顿身上。吉斯医生答应了帕琪，要让这个命不久矣的比利时列兵活到帕琪和她舅舅回来。

吉斯本以为登顿还可以再撑上几天。然而，帕琪离开后的第二天，登顿的情况直转而下，这激起了吉斯医生的挑战欲。为了让登顿活着等到他妻子的到来，他决定赌上一把。

"我想让你协助我做一场复杂的手术。"他对莫德·斯坦顿说道，"根据医学知识和以往的案例，登顿应该撑不过三个小时，弹片对他的内脏造成了严重的伤害。我目前还没用过这种方法，不过要是想让他撑到明早，或是撑到帕琪回来，我们就必须完成这件看似不可能的事。"

"是什么方法？"她问道。

"把他身上重要的器官摘下来，修理好后再放回去，这样它们就能正常运作了。"

"这可能吗，医生？"

"我认为不可能，不过我决定试试。我很确定，如果我们不管他的话，他最多再活三个小时。因此，斯坦顿小姐，如果我们失败了，登顿也仅仅是少受了几个小时的折磨而已。去拿麻醉剂吧。"

尽管莫德现在已经是一个训练有素、经验丰富的护士了，她还是对面前这项艰巨的任务充满恐惧。然而她明白，吉斯医生的做法是有科学依据的，因此她强迫自己镇静下来，做好自己的本职。

一个小时后，她站在那里看着病人。他仍旧一动不动地躺在手术台上。然而，他原本微弱的呼吸却变得平稳有力了。

"这说明，"吉斯医生兴高采烈地对莫德说道，"我们之前那样想当然，实在是太愚蠢了。人就像一台机器，如果零件坏了，就不能工作了。趁着还来得及时把该修的地方修好——然后他就好了，又像以前那样滴答滴答地运转了。当然，人不像机器那么省事，因为他更容易坏，不过只要加以小心，他就会一直运转。"

"那么，你觉得他会活下去了？"莫德轻声问道。经历了那样一场惊险的手术，病人却还在呼吸，这让她十分惊讶。

吉斯斜下身子，把耳朵凑在病人的心脏旁，一动不动地听了两分钟。之后，他直起身，扭曲的脸上露出了大大的笑容。

"斯坦顿小姐，我确信，我们赢了这场赌注！就让我们称之为运气吧，因为没有哪个脑袋清醒的医生会做这种尝试。放心吧，接下来的十天，安德鲁·登顿会一直活着。不出意外的话，他会痊愈，再活很多年。"

他实在太高兴了，以至于那只完好的眼睛里涌满了泪水。他有些羞怯地拭掉了泪水。莫德拉起他的手，放在了自己的手里。

"你真是太棒了——太棒了！"她说道。

"别，请别看我的脸。"他哀求道。

"我不会看的。"她垂下了眼眸，"多亏了你那聪明的头脑，灵巧的双手和坚强的心，他才有机会活下去。"

"不仅仅是这样，"他说道，"还有他那个年轻的妻子——伊丽莎白。是她让我在手术时稳住了双手。实际上，是伊丽莎白救了他。如果不是她，我们可能就让他这么死了。"

第十六章　克拉瑞特

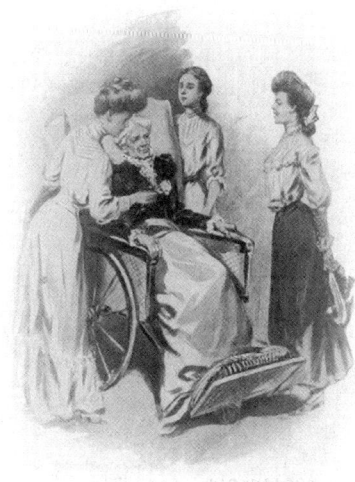

直到第四天晚上，帕琪一行人才回来。尽管有政府颁发的证明和通行证，他们还是遇到了一些阻碍，造成了延迟。帕琪一度担心，他们在天黑前无法赶到敦刻尔克港口了。

整个途中，那个比利时女人和她的孩子都静静地坐在船头。在亨德森严厉的注视下，两个小家伙一路上都没敢恶作剧。然而，在船的另一端，帕琪兴高采烈地说个不停，打破了沉寂。她把自己、贝丝、莫德和约翰舅舅的情况向登顿家人全部讲了一遍，包括他们怎么会来到异国战场照顾伤患，以及如何说服了聪明却其貌不扬的吉斯医生加入。她还向二人详细地描述了医疗船的情况，讲述了她们三个女孩在尼尔波特战役中冲进火线救治伤员的事迹。

伊丽莎白急切地想要知道丈夫的伤情。对此，帕琪没有全盘托出。不过她想让这个可怜的妻子做好心理准备，因此含含糊糊地说了几句。帕琪的含糊其辞证实了伊丽莎白心中的怀疑。

"告诉我最坏的情况吧！"伊丽莎白·登顿央求道。她的面色苍白，神情十分紧张。

"你知道，我不能这样做，"帕琪说道，"因为最坏的事情还没发生。不过我也不能向你承诺最好的情况。这种事充满了变数。知道吗，一个炮弹在他身后爆炸了，吉斯医生认为他的伤情比较严重。他昏迷了很长一段时间，等到他恢复了意识，我们就给他用了镇痛剂，因此，他没怎么受苦。"

"你们之所以来找我，是觉得他要死了吗？"

"我之所以来找你，是因为他叫我读你的信给他听。我发现你的信对他来说是莫大的安慰。因此我想，如果你能在她身边，对他而言，会是更大的安慰。"

沉默了很长时间后，伯爵夫人用她那轻柔平和的声音问道："我们到的时候他还会活着吗？"

想到他们浪费了这么多时间，帕琪心中也不能确定。都是格劳上校的愚蠢，才导致他们在奥斯坦德被扣留，继而耽误了这么多天。

"我希望如此，夫人。"她只能这样回答。

对话就此结束。伊丽莎白伏在母亲的肩上，轻声地抽泣着。帕琪心中稍感宽慰。话已至此，无论抵达后会发生什么，至少她们都做好了心理准备。

汽艇朝着医疗船径直开了过去。阿拉贝拉的栏杆后面挤满了人，大家都急切地想知道，他们几个是否成功完成了任务。吉斯医生站在那里迎接他们。他向伯爵夫人还有登顿夫人打招呼，脸上带着恐怖的笑容，吓了二人一跳。莫德察觉到她们的畏惧，便接替了医生的位置，高兴地说道："登顿先生刚刚睡着了。等你们洗完澡，喝杯茶，我想他就会醒了，到时候你们就可以见面了。"

"告诉我，他情况怎么样？你是他的护士吗？"伊丽莎白的嘴唇颤抖着。

"我是他的护士，我向你保证，他的情况非常好。"莫德愉快地回答道，脸上带着迷人的微笑，"我相信，等他醒来发现你在身边，他会更快康复的。要知道，护士再好，也替代不了妻子。"

帕琪以为她在哄骗这个可怜的妻子，责备地看着她。然而，莫德把两位女士领进了舱房，吉斯医生向她们说明了病人的情况。

"好吧，"约翰舅舅说道，"我们要是知道他会活下去，被扣留时就不用那么担心了。实际上，要是知道他会好转，我们根本就不用去了。"

"喂，约翰舅舅！"帕琪责备道。

"正是你们去找伊丽莎白，才救了他。"医生说道，"我答应了你们要让他活着，等着他妻子的到来。因此，在他病情恶化时我便决定放手一搏——结果我赌赢了。"

与此同时，那个肥胖的比利时女人和她的两个孩子，在亨德森的帮助下上了梯子。亨德森毕恭毕敬地站在那里，等待着命令。那个女人望着海岸，静静地站着。就在这时，莫里来到了甲板上，他走向梅里克先生，准备向他打招呼。就在他离前面的一伙人不到几米远的时候，站在栏杆旁的女人突然转过身，看到了他。

"啊哈——我的亨利！"她大叫着，张开双臂朝莫里扑过去。

"克拉瑞特！"

莫里猛地刹住车，脸色变得煞白，身体颤抖着。他哀嚎了一声，声音之大，哪怕是印第安人听了都会自惭形秽。接着，他纵身一跃，跳进了海里。

她跑过去，圈住双臂，结果只圈到了空气。"扑通"，听到声音，大家都朝船舷望去，结果看到莫里正在拼命地游向码头。

女人一手抓着一个孩子，把他们举了起来。

"看到了吗？"她叫道，"这就是你们的父亲——一个懦夫——一个背叛者——一个抛妻弃子的混蛋！他想要逃走？没门！我们会抓住他的。等到抓住他……"

"爸爸，快游！"小女孩尖叫道，"不然她该抓到你了！"

女人朝着小女孩的嘴扇了一巴掌，小女孩立刻不做声了。小男孩吓得哭了起来，他一直在踢她的妈妈，直到她把他放下来才罢休。此刻他们只能看到莫里的头在远处的水中上下摆动。过了一会儿，他爬上了码头，顾不得甩干身上的水，湿淋淋地朝着城里跑去，很快就消失在了重重房舍之中。

"夫人，"约翰舅舅严厉地说道，"你让我们失去了一位最好的司机。"

她听不懂英语，便朝着梅里克先生的脸挥着拳头，笨拙地舞动着，嘴里叽叽喳喳地说了一串法语。

"她说什么？"他问帕琪。帕琪看到这荒谬的一幕，笑得正开心。

"她让我们立刻把她送上岸。我们要这样做吗？这样一来，可怜的莫里不就有可能被追上了吗？"

"自我保护是人的本能，亲爱的孩子。"约翰舅舅答道，"我为莫里感到遗憾，但是他也应该负责任。亨德森，"他转身对水手说道，"尽快把这个女人送上岸，我们已经受够她了。"

第十七章 复杂的问题

尽管尼尔波特那场著名的战役结束了，西佛兰德的战役却还远未结束。沿线战火纷飞，一刻不停。没有哪方宣告胜利，也没有哪方投降。就这样日复一日，一批又一批的战士倒下了，一批又一批的战士一瘸一拐地走向了后方，一批又一批的战士沦为俘虏。增援部队源源不断地前来填补空缺。今天德军刚刚占了这座城，明天又被协约国占领了。为了增强防御能力，从尼尔波特经迪克斯莫德到伊普尔的堤坝全被打开了，地势低洼的乡村变成了一个大湖。现在想要到这来，只有六条路可以走。

敦刻尔克挤满了英法比三方的预备队。英方雇佣了土耳其和东印度军队，这不仅让敌人感到害怕，连市民也对这些人怀有恐惧。约翰舅舅察觉到，敦刻尔克的军纪不像奥斯坦德那样严明。毕竟，在奥斯坦德，德军只需要管理比利时民族，而在敦刻尔克，有太多不同的国家和种族。

说来有些奇怪，对于那些有机会参战的人来说，战争变得越来越无聊。或许是因为这么多场残酷的持久战并没有带来任何结果，每个人都只是在履行自己的职责而已。纵然面临着枪林弹雨，他们必须要活下去——这是他们的使命。

然而，在帕琪他们的医疗船上，却一点也不无聊。这三个女孩从事着伟大的慈善事业，每天从早忙到晚，全身心地投入到救援工作中。每个病人的病情都不尽相同，因此，对于她们来说，观察针对不同病情的不同治疗方法，以及不同方法带来的结果是一件十分有挑战意味的事。

女孩们越来越深切地体会到，能找到吉斯这样一位医生是多么幸运。他以自己的工作为荣，并且实战经验丰富，对病情的判断总是全面且可靠。女孩们已经习惯了他那张严重扭曲的脸，因此很少注意到他。有时，新来的病人会被他的脸吓得尖叫，只有这时，女孩们才会想起，他长着一张令陌生人反感的脸。

没人比吉斯医生本人更在意他丑陋的外貌了。一次，一位可怜的法国人死在了手术台上，贝丝注意到，他的眼睛紧紧地盯着面前那张扭曲的脸。贝丝明白，病人对吉斯医生的恐惧加速了他的死亡。那晚，她在甲板上找到吉斯医生，对他说："如果你在手术时带个面罩会不会更好？"

他的脸红了，认真地考虑着这个建议，过了一会儿，他郑重地点了点头。

"或许是个好主意，"他同意道，"很久以前，我曾提议过，无论去哪，都带上面罩。可是我的朋友们阻止了我，他们说戴着面罩太引人注目了，这会让我自己更加尴尬。我已经学会忍受别人憎恶的表情了，也学会了对自己的身体缺陷抱着豁达的态度。不过我想，在手术时带上面罩，是对病人负责的行为。我会戴面罩的，让我们来看看，把我的脸遮住会有什么不同。"

"你千万不要觉得，"贝丝察觉到他声音中的苦涩，便温柔地说道，"那些不了解你的人会对你反感。我们都深深地爱戴你，为你的不幸感到悲伤。不管怎样，智者是不会以貌取人的。"

"无论别人怎么看我，"他说道，"我都是个失败者。你说你们爱戴我，其实并没有，那不过是客套话而已。我承认，我是个好医生，然而我懦弱的性格和丑陋的脸一样让人厌恶。贝丝小姐，比起我这张吓人的脸，我更恨自己的懦弱。可惜对于这两件事，我都无能为力。"

"我想，你所谓的懦弱不过是身体缺陷而已，"女孩断言道，"要怪就怪你以前受的那些苦。我发现以往的困难总会让一个人意志消沉。如果一个人曾经受过严重的伤害，他会一辈子都活在恐惧之中，他会害怕再次受到伤害。"

"你这样拼命替我辩解，真是太善良了。"他说道，"然而，事实上，我一直都是个懦夫——从少年时代就是。"

"可是你进行了那么多次危险的探险活动。"

"是啊，只是为了自娱自乐，嘲笑一下我懦弱的天性。我热烈地盼望着危险到来，等它真的来了，我就开始嘲笑自己那克制不住颤抖的身体。我强迫自己面对危险，要是受了伤，我就当是惩罚，我很乐意接受这样的惩罚。"

贝丝惊讶地看着他。

"你可真是个怪人，"她说道，"真的，我完全不能理解你的心理。"

他嘿嘿地笑了，开心地摩擦着双手。

"我倒是能理解，"他答道，"因为我知道原因。"然后他转身离开了。看到贝丝困惑的表情，他感到十分有趣。

第二天，吉斯医生带了个橡胶面罩，遮住了他的脸。尽管这样一来，他的外表在陌生人看来有些奇怪，却决不至于到吓人的地步。面罩遮住了他那吓人的鼻子和伤疤。他还在面罩上穿了两个大小相同的洞，这样一来，两只眼睛看起来差不多大小。吉斯本人对此十分满意，便一直带着面罩，只有晚上坐在甲板上时，才会把它摘下来放在一边。

有了登顿夫人和伯爵夫人，登顿的身体状况飞速地好转。就在她们到来的第三天，莫里再次出现在了阿拉贝拉的甲板上。

"哦！"帕琪吃过早饭，走出餐厅时看到了他，"克拉瑞特呢？"

他沮丧地摇了摇头。"我们已经分居了。"他说道，"你也知道，克拉瑞特这个人喜怒无常的，她总是过于敏感。而我，唉！我总是惹恼她。"

"她在敦刻尔克找到你了吗？"帕琪问道。

"差一点，小姐。事情是这样的，她和两个孩子总共有六只眼睛，我却只有两只。因此，如果是她跟在我后面追，那她肯定会追上的。所以我就躲进了烟灰桶里，等他们走过了，我再悄悄地跟在他们后面，躲在他们的视线之外，这才得以逃脱。不过你可能也察觉到了，克拉瑞特十分固执，想要躲开她可不是件容易的差事。躲在船上要比在岸上安全得多。她不大可能会来这找我，她又不会游泳。"

帕琪好奇地看着这个矮小的男人。

"我们刚见面时，你不是说自己想妻子想得心都要碎了吗？"她严肃地问道。

"是的。当然喽，小姐，这样说才会激发你们的同情心嘛，"他颇为自豪地说道，"我那会儿正需要你们的同情心。我唯一担心的就是你们会找到克拉瑞特，"他深深地叹了口气，"尽管你们还真找到她了。这可不是什么友好的举动，小姐。"

"我在奥斯坦德时，听说克拉瑞特的丈夫是个可鄙的间谍。他为两边效力，又把两边都背叛了。无论是落在德军还是比利时人的手里，他都会被处死的。”

莫里摘下帽子，若有所思地将头发捋到了左耳朵后面。"啊，是的，那个铁匠！"他说道，"我早就怀疑那家伙不可靠。"

"克拉瑞特到底有几个丈夫？"

"算上铁匠的话，一共两个。"莫里欢快地答道，"不过我要是有什么不测的话，她还会再找的。克拉瑞特是个迷人的女人，她当初和那个铁匠离婚时，他整个人都垮掉了，还扬言要报复。她每天既要躲避前夫，又要追她现任的丈夫，忙得不可开交。我实在不忍心像铁匠那样威胁她。其实我真的很爱她——只要不近距离和她相处。当孩子们都睡着，她不用操心这操心那的时候，她还是很迷人的。"

"那么，"亚乔站在一旁听着莫里的辩白，"你认为那个卑鄙的间谍是那个铁匠，不是你？"

"我确定。我不是一直在这吗，开着救护车，在军官们的眼皮底下来回穿梭。如果那个间谍是我——雅各布·莫里，那我早就该被抓了。"

"可是你并不是雅各布·莫里。"

比利时人吃了一惊，随即恢复了笑容。

"那一定是我弄错了自己的身份，先生。或许你能告诉我我叫什么？"

"你的妻子叫你'亨利'。"帕琪说道。

"哦，是的，这是昵称。我想那个铁匠叫亨利吧，可怜的克拉瑞特习惯了这个名字，每次想要表达爱意时，就叫我亨利。"

帕琪意识到和他争论是愚蠢的。

"莫里，"她说道，"或者是什么别的名字，不管怎样，在我们看来，你还是忠于职责的，因此我们没理由埋怨你。不过我相信你没有说出实情，你这个人诡计多端，十分狡诈，我担心你不会有好下场的。"

"有的时候，小姐，"他答道，"我自己也这样担心。不过，嘿，为什么要管这些呢？如果注定要结束，谁还管它是好是坏呢？"

莫里离近看着他们，发现他们的脸上明明白白地写着"不赞成"三个字。他们没有说下去，这让莫里有些不安。于是，他温顺地说道："谢谢你们的谅解，你们真是善良的人。我现在想下去喝杯咖啡。"然后他欠了欠身，挥了挥手中的帽子，走开了。等他走后，帕琪对亚乔说："我不信真的有铁匠这么个人存在。"

"我也不信。"亚乔答道，"那两个小孩子长得活像莫里，可是他却坚称他们是铁匠的孩子。他是个狡诈的家伙，我们可得小心提防着他。"

"如果他真的是间谍的话，"想了一会儿后，帕琪说道，"我倒是很惊讶他敢加入我们。要知道，和我们在一起就要在前线来回穿梭，他时刻都有可能被人认出来啊。"

"是啊，这真让人困惑。"亚乔说道，"另外，他是个勇敢的人，不惧危险，在枪林弹雨中总是勇往直前。莫里可真是个谜一样的人。他的那些所作所为中，我唯一能够理解的，就是他为什么躲着克拉瑞特。"

在这个"奇迹般的早晨"，八个病人出院了。他们之中有些人重返部队，继续作战，有些人则被送回了家里，等待痊愈。这样一来，船上又多了十个空位。因此大家决定开着那辆较大的救护车，去战火纷飞的迪克斯莫德救治伤员。

"我今天跟着一起去吧。"吉斯医生带着面罩，说道，"这里有凯尔西医生来照顾病人，我想下船走走，这对我自己也有好处。"

约翰舅舅严肃地看着他。

"人们都说，迪克斯莫德那儿的形势很严峻，英军的战壕被德军攻陷了，协约国准备今天把它们夺回来。"

"我不在乎。"医生说道，身体却忍不住地颤抖。

"为什么不避开危险地带呢？"梅里克先生提议道。

"身为男人，不能自我逃避，先生。我总是想挑战自己懦弱的性格，我对这种事特别着迷，你应该能理解吧？"

"不，我不能理解。不过你请便吧。"

"我来开车。"莫里说道。

"你会被发现的。"帕琪警告道。

"克拉瑞特不会在前线的。何况，一路上我都在开车，人们一听到救护车的声音，就会散开让路。"

"可是政府当局也在捉拿间谍。"亚乔说道。

莫里的脸严肃了起来。"是啊，那当然。不过，那个铁匠又没在这。何况，"他很有把握地说道，"我们带着红十字会的标志，不会有人怀疑我们的。"

他们离开后，约翰舅舅若有所思地对着女孩说道："他对红十字会的那番话倒是提醒了我。莫里那家伙那么聪明，为了避免被捕，他肯定会躲在世界上最安全的地方。对他来说，红十字会就是最安全的地方。没人会怀疑红十字会的人。"

第十八章 有关忠诚的问题

当天上午，一名法国官员乘坐政府的船前来拜访。他提出要见梅里克先生。

这艘医疗船已经接受过当局的多次检查，它卓越的名声也传遍了佛兰德。当局本想让这艘船变成特殊医疗船，专门负责那些官衔更高，或者有钱有势的人——可是梅里克先生他们却委婉地拒绝了这种暗示，他们既接收社会地位高高在上的病人，也接收那些身份卑微的病人，只要是伤势需要照顾的人，他们就统统接过来。

约翰舅舅认识这位法国将军，他一直很支持约翰舅舅他们的活动，为此约翰舅舅心怀感激。二人热情地打了招呼。不过约翰舅舅不懂法语，只得把贝丝叫来充当翻译。

将军先是参观了医务室，然后仔细翻阅了一遍医诊记录，秘书在一旁做着笔记。最后，他们来到后甲板看望伤患。病人们大多处在康复期，正舒服地靠在躺椅上晒太阳。

"那个德国人，埃尔布尔中尉，他在哪呢？"将军扫视了一圈，眼中满是怀疑。

"他在船长的房间里呢，"贝丝答道，"你想要见他吗？"

"如果可以的话。"

一行人来到了卡格船长房间。房间的门窗敞开着，受了伤的德国中尉斜躺在沙发上，卡格船长坐在他旁边，两人都在一言不发地抽着烟斗。

看到将军进屋，船长站了起来，埃尔布尔则向他敬了个军礼。

"那么，你好些了吗？"法国将军问道。

贝丝把话翻译成英语，转述给卡格船长，船长又翻译成德语给埃尔布尔听。"是的，我的伤势恢复得很好。"

"你们要让他继续待在这里吗？"将军接着问梅里克先生。

"我想是的，"他答道，"尽管他的伤口愈合得很好，但是人还很虚弱。他是战俘，哪也去不了，待在这总要舒服得多。"

"你会负责看着他吗？你能保证他不会逃跑吗？"

梅里克先生犹豫了。

"我们必须得做出这种保证吗？"他问道。

"不然我就得下令把他转移到政府医院了。"

"我不想这样。倒不是说你们的医院条件不如这里好，只是埃尔布尔恰好是我们船长的表兄，这就让这个问题变质了。你觉得呢，卡格船长？我们要为你的表兄做担保，保证他不会逃走吗？"

"他为什么要逃走呢，先生？他又不可能再回到军队，继续打仗了。"卡格说道。

"这倒是。"听了贝丝的翻译后，将军说道，"可是不管怎样，他都是战俘，我们不会让他逃回德国的。"

贝丝看着将军的脸，亲自回答了这个问题。

"我认为这不公平，先生，"她说道，"这个德国人以后再也不能作战了。他受伤后就被送到这里，根本就不知道你们的军事机密。因此，与其把他逮捕，不如人道一点，让他回到德国，和家人团聚。他最多也就再躺上几周吧。"

将军和蔼地笑了笑。

"这或许更人道些，小姐。不幸的是，这样做是违反军规的。你们的船长会保证这个德国中尉的安全，我可以这样理解吗？"

"当然，"卡格说道，"如果他逃走了，我就替他坐牢。"

"哈，我们是现代人，不能因为达蒙逃跑了就让皮西厄斯替他坐牢。"将军大笑道，"来，让他把这份假释签了，这样就简单多了。在他完全康复前，由你来看管他。这样可以吗？"

"当然，先生。"船长答道。

埃尔布尔在整个对话中都沉默着，似乎听不懂英语和法语。事实上，自他来到船上以后，他只讲过德语，而且大部分都是对卡格讲的。

法国将军走后，贝丝陷入了沉思。"你不觉得奇怪吗，"她对约翰舅舅说道，"卡格船长说埃尔布尔上过大学。作为一个受过良好教育的德国人，怎么会既不会说法语又不会说英语呢？我一直听说德国大学的教育是很全面的。何况，在奥斯坦德时，基本所有的德国军官都能讲一口流利的英语。"

"这么一想还真是挺奇怪的，"约翰舅舅答道，"我相信语言学习是德国军事教育的一部分。话说回来，我倒是觉得，将军非要让这个可怜的家伙坐牢，还说这是必要的防范措施，这在我看来简直荒谬。"

"我倒是能理解法国人的立场，"贝丝沉思道，"这些德国人都固执得很。我十分敬佩埃尔布尔中尉，不过我敢确定，要是有可能，他明天就会回到战场上继续作战。等他康复后，他可能会装上义肢，重新回到前线。”

“他是个骑兵。”

“那他就会骑着马回到战场。舅舅，我想法国人的做法是有道理的，等到战争结束，他们就会放了他。”

与此同时，在船长的房间里，两个男人正静静地谈着。

“他想你应该签署假释。”卡格说道。

“我不会签的。”

“你最好还是签吧。我负责你的安全。”

“没人有权负责我的安全。如果你已经向他做了承诺，那就请收回。”德国中尉说道。

“如果我收回了承诺，他们就会把你关进监狱的。”

“至少现在不会。我现在还是个病人，我还虚弱着，忍受着病痛的折磨呢。不过我已经在计划着逃跑了，这就是我坚持让你收回承诺的原因。否则……”

“否则什么？”

“否则我就不能按照原计划从水路逃到奥斯坦德了。我就得进监狱，从监狱逃就困难多了。还是走水路好。”

“当然。”船长微笑着，看起来十分镇静。

“我会乘着你的汽艇去奥斯坦德，然后在天亮之前把船送回来。”

“这倒是容易得很。”卡格说道。他又静静地考虑了五分钟，然后说道：“表兄，我是个美国人，美国人对这场战争持中立态度。”

“你是桑荷阿人。”

“我的船归美国人所有，作为一名船长，要忠于船的主人。我不会做任何有损美国人利益的事，哪怕是对我的表兄有利也不行。"

"倒也挺有道理。"埃尔布尔说道。

"你要是想出了什么逃跑的好计划，别对我讲，"船长接着说道，"我会让下面的人好好看着汽艇的。我会尽全力阻止你离开这艘船。"

"谢谢你，"德国中尉说道，"你赢得了我的尊重，表兄。把香烟递给我吧。"

第十九章　莫里被抓

　　救护车回来的时候，所有人都吃了一惊。车篷已经被掀开了，车门也不见了，车内一团糟，没有一块玻璃是完好的。幸运的是，发动机还像以前一样，完好无损地运转着。六名伤员被搀扶着下了车，乘着汽艇上了医疗船。

　　回到甲板上后，亚乔简要地说明了事情的经过。一颗炮弹击中了停在战场后方的救护车，但是没有损坏发动机。幸运的是，当时没有人站在车附近。等回到救护车，大家便把碎片清理掉，给伤员们腾出了位置，然后动身返回。

　　吉斯医生跟着大家一起回到了船上，他的帽子和大衣都不见了，头发散乱着，带着面罩的脸看起来比以往还要可怕。他的膝盖剧烈地抖动着，缓缓爬上楼梯。

　　亚乔和周围的人都静静地看着他。

　　"你们猜猜那个傻瓜做了些什么？"趁着吉斯正悄悄地溜回房间的空档，亚乔问道。

　　"直接告诉我们吧。"在一旁看热闹的帕琪恳求道。

　　"有个士兵在机关枪旁边倒下了，我们跑过去救他，却没有注意到德国人正端着机关枪准备开火。我和莫里立刻跑掉了，吉斯却还傻傻地站在那。就在这时，德国人一阵扫射，一个士兵倒下了。没想到的是，吉斯医生却冷静地走了过去，把他背了起来。这个场景震住了德国人，或许也是受医生手臂上的红十字袖章影响吧，他们居然停了火，等着他。想想这个场景：一群打得正欢的士兵，居然为了一个人而停了下来！"

　　"呃，发生了什么？"梅里克先生问道。

　　"我没看太清。当时协约国军队正在撤离，德军就忙着冲他们开炮，我们的车就是在那时被打中的。"

莫里却说他看到了那一幕："当时吉斯正想把伤员扶起来，却突然瘫软在地。那些德国兵此时已经控制了炮台，他们的长官亲自把伤员放到了医生的肩上，扶着他走回我们的救护车。我赶紧上前扶吉斯医生，他浑身一点力气都没有。要不是有德国兵扶着他，他在路上不知道要摔倒多少次。"

"德国兵放声大笑，好像在看笑话一样。突然间，子弹出膛的声响划过天际，法比大军的反冲锋战役开始了。"

"我承认我当时很没用，看到这一幕，我立刻就趴救护车底下了。德军也吓了一跳，很快就撤离了。"

"而此时，吉斯先生又做了一件蠢事。他脱掉了带着红十字标志的帽子和大衣，跳到了双方的战线之间。这边是忙着撤退的德军，那边是忙着进攻的协约国军队，双方都在激烈地开火。而吉斯医生就站在中间。按道理，他应该被射成筛子了，可是他竟然毫发无伤。直到后来，他挡住了协约国军队的路，被一个法国士兵撞倒在地。这真是我见过的最鲁莽、最不要命的行为！"

约翰舅舅面带忧色。他清楚地记得第一次会面时吉斯先生的话"如果我能够摆脱这副鬼样子，那我会高兴得发疯的"，他从没有对别人讲起过这件事。想起这段话，再回头想想吉斯医生白天的举动，这位善良的绅士心中一惊。

他心事重重地在甲板上踱来踱去。几个女孩则匆匆下去照顾新来的病人。"这真是一场艰苦的战争，"亚乔说道，"战场上的伤员多得数不过来，我们却只能带回来一部分。不过就在我们离开前，一辆英国的救护车和两辆法国的救护车都赶来了。有了他们帮忙分担，我们就可以安心离开了。说实话，现在想想战场上遇到的那些事，我还浑身发抖。幸好我们避开了，真是谢天谢地。"

约翰舅舅本想试着弄清吉斯医生的心理，却无从下手。这个男人性格古怪，让人捉摸不透。半个小时后，梅里克先生也从甲板上下去，看到吉斯医生正在手术室里，头脑冷静、手法娴熟地为病人包扎着伤口。

第二天一早，大家发现那辆大的救护车损坏得极其严重，只得把它拉进城里的维修店重新大修。法国技师说，车需要几周才能修好，因此大家只能先用那辆小救护车了。亚乔和凯尔西医生依旧每天开着救护车去前线拉伤员回来。然而，双方突然停火了。接下来的几天，并没有新的伤员被接回船上。

这样一来，阿拉贝拉上的伤员越来越少了。等到十一月二十六号，女孩们发现船上只剩下两个病人了——埃尔布尔和安德鲁·登顿。两个人都好得差不多了，登顿还有妻子在一旁照顾。这样一来，船上的工作变得很轻松。尽管如此，战壕里的伤患人数却与日俱增。因为两只队伍都很顽强，细致地盯着对方的一举一动，每当有士兵不小心把自己暴露在敌军的视野中，双方就会交火。因此，姑娘们便决定轮流跟着救护车去前线。约翰舅舅对此没有发表异议，他知道，不会有什么危险的。

每天，其中一个女孩跟着去前线，剩下的两个则去市立医院帮忙。吉斯有时候会跟她们一起去，有时候则会跟着救生船去前线。这回他没再做什么让大家担心的事。

这段时间犹如停滞，唯一值得一提的事便是莫里被逮住了——不是被政府当局，而是被克拉瑞特。一个下午，亚乔和帕琪去了市区，当他们正准备返回码头时，发现有一个街头流浪儿在等着他们，手里紧紧抓着一张废纸。流浪儿用这张纸换来了一枚硬币，帕琪打开纸，发现上面用英语潦草地写着：

"她看我看得很紧。帮帮我吧！尽快！我实在没有办法了，你们一定要救我出来啊！——困境中的莫里。"

两人笑了一阵，然后意识到了问题的严重性——他们失去了一个优秀的司机。没有莫里在，想去前线就更困难了。莫里或许不是一个好丈夫，却是个勇士，一直以来，他都顶着战火勇往直前。

帕琪问那个男孩："给你这张纸的男人在哪里？你能带我们去吗？"

"是的，小姐"

"那就快点，等到了那我会再给你五美分的。"

这句话是多余的，这个淘气鬼很快就把他们甩在身后了。他在狭窄的巷口中左拐右拐，领着他们来到旧城墙对面的破房子前。克拉瑞特就站在门前，她丰满的身体几乎要把门框挤开，双手支在宽宽的臀部上，态度看起来很强硬。

"晚上好，"帕琪友好地问候道，"莫里在里面吗？"

"亨利在里面。"克拉瑞特眉头一皱，"他会一直都待在里面。"

"但是我们需要他。"亚乔严肃地说，"他是我们的雇员，根据合约他必须服从我们的命令。"

"我也需要他，"克拉瑞特反驳道，"而且我在你们之前就和他签订了合约，我们的结婚证上清清楚楚地写着。"

两个孩子从妈妈身后挤了出来，站在她身旁，扯着她的裙子，冲客人做着鬼脸。克拉瑞特转身，带着孩子们离开了。帕琪和亚乔趁机窥探着房里的情况。

莫里就站在那儿，袖子卷到肘部，俯身洗着陶碗。他的脸上写满了绝望，发现帕琪和亚乔后，他打了个请求的手势，结果被克拉瑞特发现了。克拉瑞特立刻冲出房间，站在门口。

"你们最好立刻离开。"克拉瑞特用刺耳的声音喊道。

帕琪站在那，犹豫不决。

"你有钱交房租吗？还有钱维持温饱吗？"她问道。

"我在亨利的口袋里找到了一些法郎。"女人粗暴地答道。

"那花光之后呢？"

克拉瑞特耸了耸肩。

"那时候我们可能就不用挨饿了，现在有很多针对比利时人的慈善募捐活动。你只要去要，就会有人给你。"

"那你不会让莫里回到我们身边？"

"不会，小姐。"她稍微挺直了腰板，说道，"如果我丈夫跟着你们回去，那他肯定会被抓回去枪毙的。"

"为什么？"

"你们不知道吗？"

"不知道。"

克拉瑞特冷冷地笑了："亨利只要一离开我，就会惹上麻烦。他本性不坏，但是太粗心了，而且很愚蠢。他实在是太乐于助人，竟然想同时为德法两边效力。现在两边都在抓他，万一他被哪边抓住，处死了，就没人赚钱养活我和孩子了。"

"那两个孩子真的是他的小孩吗？"琼斯问道。

"难道还有别人会领养他们吗，先生？"

"我以为他们是你第一任丈夫的孩子，就是那个铁匠。"

克拉瑞特瞪着他，眉头紧皱。

"铁匠？哈！我除了亨利可没别的丈夫。嫁给他可真是遭了天谴。"

"走吧，帕琪，"亚乔对他的同伴说道，"我们来这里完全是徒劳的。也许克拉瑞特是对的。"

二人一言不发地走回汽艇。帕琪对莫里感到很失望，他曾经那么让人敬仰，如今却变得谎话连篇，虚伪至极。

新鲜刺激的劲儿过去了，生活渐渐变得压抑。转眼到了十二月，北海的风寒冷刺骨，席卷了整个海滨，天空中不时飘着雪花。房间里有暖炉供大家取暖，可惜甲板上没有，因此大家很少再去甲板上逗留了。

到了十二月末，埃尔布尔中尉终于痊愈了，他已经可以柱着拐杖一瘸一拐地行走了。经常有人看到埃尔布尔出现在船长的房间中，很显然，这对兄弟的感情很不错。没有人再提假释的事，不过很显然，法国官员还在留意着这个德国人的动态。一天早上，上面下达了指令，通知梅里克先生次日十点之前将埃尔布尔送至敦刻尔克军事监狱。

尽管即将成为囚犯，埃尔布尔却仍是一副事不关己的样子，反倒是他的美国朋友们感到很悲伤。监狱的环境十分恶劣，他们担心埃尔布尔的身体承受不住。

尽管如此，大家并未发表异议。在他们看来，将军同意让埃尔布尔在这休养这么长时间，已经是仁至义尽了。为此，他们十分感激。

那天晚餐过后，大家坐在一起，聊着天。就在这时，他们惊讶地发现莫里乘着帆船来了。他带着法国将军的命令，要求卡格船长立刻到军事总部。

大家都无法理解，为什么将军要见卡格船长。莫里也只是摇摇头，说道："我不是将军的亲信，他只是让我传话，并没有说是什么事。因为我知道你们的船在哪，他们便派我来，还给了我一笔可观的费用，让我足以养家糊口，我这才答应。"

卡格船长只得服从命令。他乘着汽艇上了岸，汽艇后面拖着莫里的小帆船。

船长离开后，原本在屋里坐着的埃尔布尔中尉站起身，和大家道过晚安便回房了。其他人也大都回房休息了。只剩下帕琪、约翰舅舅和吉斯医生坐在那里，等着船长回来。那晚冷得出奇，还好房间里有暖炉，因此很暖和。

船长回来时已经是半夜了。他匆匆进了房间，看起来十分焦虑，吓得帕琪他们立刻从座位上弹了起来。

"埃尔布尔呢？"船长尖刻地问道。

"已经上床了。"约翰舅舅说道。

"什么时候？"

"几个小时前。我想他是因为明天要离开而难过吧。他会想我们的。"

卡格船长没有任何犹豫，撒腿就跑，其他人好奇地跟着他。到了埃尔布尔的房间，船长猛地打开门——房里空无一人。

"啊！我就说！"他惊叫道，"发现汽艇不见时，我就开始怀疑他了。"

"哪只汽艇？"约翰舅舅困惑地问道。

"我留在船上的那一只。我刚回来时就发现它不在那儿，有人偷了它。"

大家惊讶地看着船长。

"甲板上没有人巡逻吗？"帕琪最先回过神来，问道。

"过了十点半就没有人看着了。我们本以为没这个必要，我完全没怀疑过埃尔布尔，没想到他会耍这种诡计。"他叹了口气。他们的声音弄醒其他人。亚乔从房间走出来，穿着一件厚重的浴袍，紧接着莫德和贝丝也走了出来。

"什么事？"亚乔问道。

"那个德国人耍了我们，逃跑了。"吉斯医生平静地回答道，"就我个人而言，我还挺高兴的。"

"这是一场共谋，"船长怒吼道，"莫里，那个逃犯……"

"哦，莫里也参与了这件事？"

"当然。他是诱饵，或许是他安排了整件事。"

"可是，将军不是说要见你吗？"

卡格盛怒之下，哼了一声。

"要见我？他根本就没要见我！是那个狡诈的比利时人把我领进了等候室，说将军要立刻见我，然后他就走开了。我呆头呆脑地坐在那，傻傻地等着。后来我才开始怀疑，莫里那么害怕见到政府官员，怎么会帮将军送信呢，这实在太奇怪了。官员和市民来来往往，根本没有人注意到我。等了大约一个小时，我实在坐不住了，就问一个刚刚从里面出来的军官，我什么时候能见将军。他对我说将军晚上不在，明天白天才会来。接着我向他出示了将军给我的约见书，他只扫了一眼，就断定那是伪造的。那根本就不是将军的签名，格式也不对。然后他就把我带进了一个全是官员的屋子里，问了我一大堆蠢问题。他们又说，来访记录里根本没有一个叫莫里的比利时人，也从没听说过这么个人。我没搞明白是怎么回事，他们也没搞懂。直到最后，他们才放我回到船上。"

"真是奇怪，"约翰舅舅沉思道，"奇怪极了！"

"我太傻了，我从来没想过埃尔布尔也会参与这件事，还是主谋。直到我回来，看到汽艇不见了，又想起埃尔布尔明天就要入狱了，才想明白这整件事。"

"这样的话，应该怪我。"梅里克先生断言道。

其他人都摇了摇头。

"他支开了我，偷走了汽艇，开往奥斯坦德。估计他现在都到半路了。"

"他一个人？他伤势还没痊愈，还是个病人啊！"

"莫里肯定和他在一起。这个逃犯会开车，我猜他肯定也会开汽艇。"

"我想不通的是，"帕琪评论道，"埃尔布尔中尉怎么会和莫里认识，又是怎么说服他帮忙的呢。我们甚至一点都没发现！"

"我倒是见过他们两个在一起聊天，而且聊了很久。"琼斯说道。

"可是克拉瑞特一直关着莫里，她不可能让他回到船上的啊。"

"今晚之后他就自由了，"贝丝说道，"他们逃跑了。这样一来，我们的立场不就变得很窘迫吗，约翰舅舅？"

"恐怕是这样的。"约翰舅舅答道，"我们答应了当局要看好他，可是却在最后一刻让他跑掉了。"

大家意识到了事情的严重性，脸上写满了忧虑。只有吉斯医生看起来十分冷静，一点也不担心。

"现在去追是不是太晚了？"亚乔打破了沉默，"毫无疑问，他们是朝着奥斯坦德去的。现在天这么暗，他们有可能撞上了河岸，也有可能抛锚了；万一他们遇上了什么事故，耽误了行程呢。"

"我认为值得一试，先生。"卡格回答道，"我们的汽艇比他们坐的那艘快。况且，就算没追上，我们至少去追了，也能向当局体现我们的诚意。"

"那就快去准备，我们立刻出发。"亚乔说道，"我去把衣服穿好，和你一起去。"

卡格匆匆赶去下达指令，亚乔则跑回房间穿衣服。五分钟后，他们就出发了，还带了四名水手来帮忙抓逃犯。

他们的努力是徒劳的。破晓时分，他们抵达奥斯坦德，结果刚好碰到被偷的那艘汽艇。莫里和埃尔布尔二人雇了一个比利时人把汽艇还回来。那个比利时人此刻正昏昏欲睡，他坦率地承认，他之所以同意接这项任务，是为了去敦刻尔克找朋友。他回忆道，一个失去了左脚，拄着拐杖的德国人慷慨地给了他一笔钱。德国人的旁边还有个比利时人，不过他之前没见过。大家听了他的描述，就明白那人一定是莫里。

他们把那个比利时人带上了阿拉贝拉，进行了进一步的盘问，可是却没能得到更多有用的信息。不过，至少他们现在确定了，埃尔布尔已经安全地到了奥斯坦德，此刻正和他的德国同胞在一起。莫里是他的同谋。

"真不愿相信，"听了整个事情经过后，帕琪说道，

"一个比利时人竟会这样背叛自己的国家。"

"每个国家都有害群之马。"约翰舅舅答道，"从我们对莫里的了解来看，他根本就不在乎自己究竟为哪边效力。"

第二十章　沙丘

　　战俘从美国人的医疗船上逃跑了，这个案子激怒了当局官员。他们对船上的人进行了严格的盘问，这让大家觉得深受侮辱。将军十分愤怒，严厉地训斥了梅里克先生。卡格船长还承受了一番个人审讯。他向当局证明，战俘逃走的当晚，他一直在总部。可是这番说辞并没让负责审讯的人满意。最后，当局下达了命令，禁止这群美国人再把任何德军或者奥军的伤员带到船上。就此，这件不愉快的事才告一段落。

　　然而，摩擦却没有就此停止。他们的救护车在开往前线时遭到了阻拦，当局指出要优先让英法的红十字会医疗团通行。这群美国人大部分都是去战场上接伤员，因此在限行的情况下，很少再有伤员被送到阿拉贝拉上。然而，几个女孩却并没有气馁。她们轮流陪着两位医生去战壕，为伤员进行急救。

　　工作变得轻松许多，往往一整天也见不到一个需要救治的人。天气转冷，很多战士都受了风寒，吉斯这才发现，他的医药箱要比手术箱更能派上用场。

　　这段时间里，克拉瑞特的到来为大家平淡的生活激起了一丝波澜。她来找这群美国人要丈夫，大家试图让她明白，莫里并没有躲在船上。可是无论大家怎么说，她都不信。最终，在大家的解释下，她终于明白了，莫里已经和埃尔布尔中尉一起逃到奥斯坦德了。大家还从她口中得知莫里——她坚称他的名字是亨利，曾好几次趁她晚上睡着时偷偷溜出去，黎明前再回来。这不禁让大家怀疑，恐怕莫里和埃尔布尔中尉在逃跑前有过几次秘密的会面。克拉瑞特说要去奥斯坦德找丈夫。或许她真的去了吧，总之此后大家再也没见过她。

十二月十二日，正值周日，沙丘战役打响了。熄灭已久的战火又重新燃烧了起来。沙丘位于北海和伊瑟河之前，由一串从科斯德延伸到尼尔波特的小山丘组成。比利时人挖壕的方式十分聪明，他们用铲子把沙子堆成高高的山脊，每隔一段距离留一个洞，沿着海岸线绵延开来，长达数英里。每个洞深达六到八英尺，战士既可以获得有效的保护，还可以爬上路堤的边坡，瞄准敌军开枪。

为了把防空洞连接起来，以便在地下发动进攻或者撤退，比利时人还在小土堆的侧面斜着挖了一些狭窄的战壕。军事专家认为这种新颖的防御手段是坚不可摧的，一旦敌人沿着交叉的小径闯入协约国士兵聚集的防空洞，就会立即被歼灭。

显然，德军也意识到了这一点，便没有贸然出击。然而，经过长时间研究后，他们决定用大炮轰炸比利时军队，进而将藏在防空洞里的士兵一举歼灭。按照这个计划，德军的战线前架起了一列重炮。比利时军队则搬来了他们著名的土炮来防卫。这场战役由此演变成了一场炮战，双方死伤惨重。这样一来，红十字会的工作者又忙了起来。

第一天，贝丝和救护车一起去战场上，在防空洞里救治伤员，然后晚上精疲力竭地返回了船上。第二天轮到了帕琪，她带上了一名法国女孩，作为助手。

亚乔把救护车开到了沙丘旁边。今天的战况比昨天更加激烈了，为了击中藏在防空洞里的比利时步兵，德军胡乱地开着炮。作为还击，比利时的大炮也拼命地朝德国人轰炸着，试图炸毁他们的枪支。双方时不时会击中目标。然而，双方的耐力也都很强。

因为没法把救护车开近沙丘，亚乔就把它停在了后方，自己留下看着。其他人在曲折逶迤的小径上来回穿梭，朝前线赶去。就这样费力地走了足足一英里后，他们撞见了一伙比利时步兵，他们正躺在那里等待发令。"医护人员不可以继续往前走了，"军官提醒道，"还有，小心流弹。"

这种情况下，他们只能待在后方的防空洞里，这样便可以直接救治从前线退下来的伤员。凯尔西医生和法国女孩纳内特藏在了右侧的防空洞里，吉斯医生和帕琪则藏在了左边的防空洞里。接着，他们打开了医药箱，拿出了纱布、石膏和绷带，在沙子上一一摆开，很快便投入到救治工作中。

一个肩部受了轻伤的战士来到帕琪这边接受救治。他向她讲述了自己的经历：一颗炮弹击中了前面的一个防空洞，他的十五名战友全部被炸死了，只有他奇迹般地逃了出来。这个可怜人吓得不轻，像个孩子一样放声大哭。

大家给他指明了救护车的方向，让他去车上等着，然后继续等待更多的伤员出现。吉斯爬上了沙丘，小心翼翼地抬起头，打量着前线的情况。突然，弹雨如下，打在沙堆上，激起一阵狂沙。幸好吉斯侥幸躲过了子弹。

"这真愚蠢，"帕琪谴责道，"你差点就死了。"

"我可没那么好运。"他喃喃道。尽管他嘴上不说，帕琪还是察觉到他的身体紧张得微微颤抖。两人此刻都没有意识到他们的行为是多么的愚蠢。他们不知道德国人正在寻找这样的目标开炮。

"这里现在没什么人了，前面还有好几个没人的防空洞，"医生说道，"我们不如移到前面去，这样离士兵能够更近一点。"

帕琪赞成他的建议，两个人便收拾好仪器，转移到前面的防空洞里。他们才走了一百码，就听到头顶响起了一道刺耳的声音，听起来就像电锯在磨钉子一样。他们抬起头，看到一枚炮弹从空中坠落，刚好落在他们之前站的地方，发出一声巨响。碎片溅到了他们的脚边。

"我们今后可得小心，不能再暴露行踪了。"医生严肃地说道，"他们已经发现了我们的活动范围，不一会儿还会再开炮的。我们还是快点离开这里吧。"

他们又向前走了半英里左右，结果一个士兵也没看到。他们站到了一个稍微高一些的山坡上，意识到这是场特殊行动。士兵们沿着山脊挖了条战壕，到处都是用来充当防空洞的大坑。每当有人把头探出山脊，就会招来一阵枪林弹雨。这说明敌军正处在射程范围内。实际上，现在在挖的堑壕正是为了将德军赶跑。等到堑壕一挖好，机关枪就可以开火了。

德军的炮弹已经造成了惨重的伤亡。在一个小山谷里，一个比利时士兵用手紧紧捂住侧身的伤口，另一个人的胳膊被战友在战壕里草草地包扎了一下。急救过后，两人暂时摆脱了失血，便按照指引朝着救护车的方向走去。他们临走时，伤了胳膊的士兵指向下方的一道深堑，说道："我们就是从这被赶出来的，敌军的大炮不停地向我们开火，很多同伴都因此丧生了。那边还有很多受伤的人——可是你们过不去的，我们已经有十位战友想要过去，结果全都牺牲了。"

然而，医生和帕琪还是执意前去查看。就在山脊旁的防空洞里，他们又发现了一个伤势极其严重的比利时士兵。医生停下脚步，给他打了一剂麻醉针来缓解疼痛。帕琪朝着峡谷望去，发现峡谷足足有五十英尺宽，看起来十分安全。"我身上穿着红十字会制服，不会怎么样的。"她心想。因此，她便大胆地走向开阔的地方。她听到前面有伤员的叫唤声，便加快了步伐，丝毫没有理会身后吉斯医生的警告。

突然之间，一声巨响，四周亮得刺眼，整个山谷里到处都回荡着尖叫声。一枚巨大的炮弹落在了距帕琪不到五十英尺的地方，击中土垒后爆炸。巨大的冲击力将各种木材、废弃的炮架溅到空中。帕琪正朝着那名伤员匍匐前进，就在这时，一大块木头擦着她的头飞了过去。她轻轻地叫了一声，倒下了，并没有失去意识，可是站不起来了。

又一枚炮弹落在了一百码远的地方，紧接着第三枚落在了更近的地方，激起阵阵尘土。帕琪缓缓站起身来，回头看了一眼吉斯医生。他正躲在另一座山的防空洞里，扭曲的脸因恐惧而变得毫无血色。他抬起头，看到帕琪摇摇晃晃的身体，喊道：

"在那等着！"他突然振作了起来，"等着！我过去救你！"

他低着头，在空地上一路小跑。途中他一度停了下来，可是没过多久便又继续跑了起来。

"你被炮弹击中了！"帕琪尖叫道。

"这没什么。"他声音粗粗的，背对着帕琪俯下身，"抱紧我的脖子，现在……"又一枚炮弹激起了尘土，洒了他们一身，"我们得离开这里。"

他粗喘着气，步履蹒跚地背着帕琪走过空地，把帕琪放在了山脊后。就在把她放下时，他还发出了一声痛苦的呻吟。

"你本来要救的那个人，"他粗喘着气，"我得把他救出来。"

"可是你受伤了！"帕琪大喊道。

他直起腰，手紧紧地捂住侧身，脸上浮现出一丝诡异的微笑，然后轻叹了口气，缓缓地倒下了。他的胸口有一个小洞——这便足以解释一切了。帕琪感到自己渐渐不行了——眼前的一切都变黑了。

是亚乔找到了她，把她带回了救护车。凯尔西医生和纳内特帮助她恢复了意识。接着，一行人面色沉重地回到了船上。帕琪躺在床上，发着高烧，精神有些错乱，直到第二天早上才退热。在此期间，贝丝和莫德一直在紧张地照顾着她。

接下来的几天同样令人担忧。帕琪一点精神都没有，完全不像以前的她。几周后，大家背着帕琪，在甲板上开了一个小会。

"今天是二月一号，"约翰舅舅说道，"你们不觉得很快帕琪就可以启程回家了吗？"

"有这个可能，"莫德答道，"她今天坐起来了，看起来比之前恢复了一些，有点像原来的那个她了。那么，我们已经决定要回去了吗？"

"我想是的，"约翰舅舅答道，"我们不能一直占着亚乔的船。何况，吉斯医生不在了，这艘医疗船也就没什么用了。"

"这倒是。"莫德沉思道，"安德鲁·登顿也带着他的妻子和岳母回沙勒罗瓦了。这样一来，船上也就没什么人了。"

"你们也知道，"亚乔也参与到了讨论之中，"自从埃尔布尔逃跑后，法国人对我们的怀疑一直没消除。我们没能得到完全的信任，以后估计也不会。所以，我相信，我们的价值也就到此为止了。"

"除此之外，"约翰舅舅说道，"你们三个女孩这么长时间来一直在辛勤操劳，精神也一直紧绷着。你们需要好好休息一下。我为有你们这样的孩子而深感骄傲。你们不仅拥有娴熟的护理技巧，还展现了你们崇高的信仰和莫大的勇气。这三个月以来，你们一直在无私地照顾异国战场上的伤患，我希望你们明白，你们已经尽到了自己的义务。"

"好吧，那就走吧。"莫德道，"说实话，如果还有人需要我们的话，我是不会离开的。可是来到这参与救助的女性太多了——有英国的，法国的，瑞士的，荷兰的，还有意大利的——我想有了她们就够了。"

"是的，"贝丝也加入了讨论，"我们回家吧，舅舅。我想帕琪在半路就会好起来的。我们什么时候能出发呢，亚乔？"

"问约翰舅舅。"

"问卡格船长。"

"如果真要走的话，"船长说道，"我们明早就启程。"